Las rosas de la tarde

1901

JOSÉ MARÍA VARGAS VILA

CONTENIDO

PROLOGO

las rosas que agonizan más blancas que un sepulcro...
las rosas que se mueren más tristes que el dolor...
Sueño de amor autumnal, en pradera de rosas moribundas.

Pasaste como un miraje, en el paisaje gris de una vida soñadora, sobre la cual el dolor de vivir extiende un matiz glauco de aguas estancadas, y cuyo horizonte se abre en el rojo cegador de una Visión de Gloria, ilimitada...

¡Oh, tú la peregrina de ese Sueño, la generosa del Perdón, atraviesa el desierto de estas páginas, donde la gran flor de una pasión triste, el nenúfar doloroso, quiso abrir su cáliz pálido, y murió virgen del Sol, en el limbo inviolado, en el anhelo ardiente de la Vida!

Pasa en la tristeza lenta de este crepúsculo como el estremecimiento vesperal de la gran quietud tardía, como el ala roja del Sol, que se recoge castamente en el Misterio...

El valle pensativo dormido en la penumbra...

Era la hora del Tramonto.

Sobre las cumbres lejanas, la gran luz tardía alzaba mirajes de oro en la pompa triste de una perspectiva desmesurada... .

Toda una floración áurea y rosa, de flores de quimera, se abría sobre el perfil luctuoso de los montes.

LAS ROSAS DE LA TARDE

Sobre las crestas lejanas del Soratte, en las cumbres de las Sabinas, sobre el Lucretilus, de Horacio, aquella luz difusa y purpúrea hacía reventar rosas mágicas, rosas de fuego, que iluminaban de un resplandor feérico, la calma somnolienta, la quietud augusta de la campiña romana...

Los montes Albanos, la cima del Cova, la silueta de Testaccio, se borraban en las perspectivas brumosas, en el confín ilimitado de la llanura. Brumas espesas, como preñadas de miasmas, se inclinaban sobre la desolada quietud del Agro Romano, diseñándose en el confín lívido de la sombra, como las formas dolorosas de la enfermedad y de la muerte.

El Tíber amarillo, silencioso, flabus, Tiberis del Poeta, ceñía, como un anillo de oro, la Ciudad Eterna.

Las siete colinas desaparecían en la perspectiva, y el sol poniente hacía salir de la sombra, iluminándola, hiriéndola como un rayo, la cúpula de San Pedro, cuya mole gris con tonos áureos, semejaba el huevo gigantesco de un pájaro mitológico, caído de los cielos.

Cerca de ella, la arquitectura irregular del Vaticano, alzaba la mole de sus construcciones aglomeradas, y más lejos las verdes perspectivas de los jardines ilimitados donde la forma blanca y augusta del Pontífice nonagenario vagaba como un sueño de Restauración, nostálgico de Poder, rebelde a morir, en espera de la hora roja, la hora trágica, en que un cataclismo formidable, conmoviendo los cimientos del mundo político viniera a poner sobre su frente de Apóstol la corona sangrienta de los reyes...

Y, allá, al frente, bajo un amas de nubes cárdenas, que se extendían y se esfumaban como flámulas de un combate, la colina enemiga, el Quirinal, diseñaba la mole pesada del Palacio Real, en cuyos muros, un rey generoso y guerrero, hecho para la leyenda caballeresca y épica, languidecía en el papel monótono de un Jefe de plebe confusa y exigente, entre los artificios de una burocracia insaciable y las tormentas de un Parlamento insumiso, anhelante, con el oído atento, como si aguardara cerca a su caballo de guerra enjaezado, el toque de clarín para volar al combate, a defender la patria, con el grito de guerra en los labios y el escudo en las manos: mientras la Soberana, extraña flor de Belleza y de Piedad, suave y triste, en el crepúsculo opulento de su hermosura legendaria, pasaba coronada de perlas, como visión blonda y radiosa, como el perfume y el encanto, el sueño y la Poesía de un pueblo de Artistas y Poetas.

Y, sobre esas dos cimas, una mole brillante y cegadora hacía mirajes de transfiguración en el Gianicolo: el Monumento de Garibaldi, la estatua ecuestre del gran guerrero, con la mano extendida sobre la ciudad, como para empuñarla, protegerla, repetir su juramento formidable: Roma o Morte.

En la nueva encarnación de bronce luminoso, parece que sueña el héroe en la eternidad de su conquista.

En la penumbra rumorosa, en un seno de sombra de la llanura adormecida, el Villino Augusto, se envolvía en una como caricia de verdura, alzándose como una gran flor blanca, en el fondo triste de la llanura hecha silente.

En la calma infinita de la tarde, sobre la pradera verde como una esmeralda cóncava, a la cual los montes de la Sabina le formaban uno como borde ideal de valvo desgarrado, la luna vertía su luz, como en el cáliz profundo de una flor mortuoria.

Cual un lampadóforo eléctrico, iluminado de súbito, las estrellas aparecían en el esplendor profundo de los cielos luminosos.

La púrpura y el oro, en una profusión portentosa de cuadro veneciano habían decorado el horizonte de un último fulgor, y habían desaparecido en la esfumación lenta y dolorosa de un Adiós.

El último rayo blanco de la tarde se deslizaba en la penumbra densa de los bosques, sobre los pinos negros del Monte Mario, como un alga muerta, sobre la onda obscura de una laguna sombría.

Había en la selva sopor de somnolencia.

Y, la tierra gemía en aquel celibato de la luz.

Blonda y sonriente como una visión de Gloria, en el esplendor extraño de su belleza opulenta, la condesa de Larti veía morir la tarde, con una piedad fraternal y triste, con una noble melancolía, llena de pensamientos severos.

Resplandecía en la sombra su belleza soberbia, pomposa y magnífica como una selva lujuriante a la luz de un crepúsculo de Otoño.

Y, en la luz difusa, amortecida, en el corredor silencioso cerca a la enredadera de jazmines que la habían protegido de los últimos rayos solares, reclinada en un sillón, la mano puesta sobre la última página del libro, y el pensamiento vagando en torno a la última frase del autor amado, su hermosura irradiaba con una extraña aureola, que hacía como blanquear la tiniebla que acariciaba su silueta soñadora.

Los bucles de sus cabellos blondos caían sobre su frente, como estrellándola de un aluvión de crisólitos abiertos, en una irradiación astral. Flores de la enredadera cercana, caídas sobre su cabeza hierática, formaban uno como anademo de zafiros, en torno a su faz imponente y seria como un anáglifo lidio.

Una como avalancha de rosas de Tirreno y de jazmines del Cabo, habían venido hasta sus pies y hasta su veste, y subían sobre su seno florido, como aspirando a besarla sobre los labios.

En su boca grande y sensual vagaba el último resplandor de una sonrisa extraña, como arrancada en mudo coloquio con las páginas del libro, y una luz de pasión intensa tenían sus ojos, indescifrables en su color transparente de ágata.

En la onda crepuscular expiraban los sonidos, en un descenso rítmico, en una moribunda sinfonía vegetal, y, la voz de la condesa, interrumpiendo el silencio, sonó lenta y grave, en la melopea de esa tarde moribunda:

—Vuestro libro es desolador y triste, ¡pobre amigo mío! Es una flor de dolor. Su cólera es hecha de ternura. Esa energía es hecha de caídas. Esa amargura es hecha de la última gota de los panales extintos.

Hugo Vial, a quien eran dirigidas esas palabras, y que en un sillón cercano contemplaba a la condesa, con una persistencia ávida, como hambriento de esa belleza pomposa y melancólica, que tenía para él la poesía y el encanto de la última rosa que muere en un jardín abandonado, cuando el invierno llega, alzó el mentón soberbio de su faz voluntariosa y grave, y miró a su interlocutriz, con la tenacidad voluptuosa de un beso enamorado.

—¿Lo creéis?

—Sí, es un libro blasfemo, y la blasfemia es la plegaria de los que no pueden orar. Esa fortaleza es hecha del dolor de las debilidades irremediables. Esa dureza es formada, como las rocas, de restos de un cataclismo. Esa frialdad es hecha de cenizas, como la lava petrificada del volcán. Esa negación del amor es la confesión del amor mismo. Esa impotencia de amar, es el castigo de haber amado mucho. No se llega a esa insensibilidad sino después de haber agotado todos los espasmos del sentimiento. El diamante negro de ese Odio no se halla, sino después de haber trepado las últimas cimas de la pasión, donde los diamantes blancos del Amor arrojaron sus luces moribundas. Esa afonía es causada por el grito desolador de todas las angustias. ¡Ay, amigo! la ceniza atestigua el poder de la llama, no la niega...

Hugo Vial no tenía ningún deseo de discutir las teorías de su libro con su bella amiga, y menos de engolfarse en la psicología escabrosa de su pasado, y en el génesis doloroso de aquella obra suya, que había sido obra de Escándalo, porque era obra de verdad, y con una voz velada, fuerte y acariciadora, como el ruido de las aguas en la soledad, murmuró:

–¿Quién cerca de vos, amiga mía, podrá defender las paradojas de este libro? En presencia de una mujer así, se siente el Amor, no se discute. ¡Se llega larde a él, pero se llega! ¡Oh, vosotras las vengadoras! dijo, y una sonrisa triste y fría, que desmentía la caricia de sus frases, vagó por su boca elocuente y sensual, por sus labios hechos para nido del apostrofe, salientes, como una peña donde se posan las águilas, como la roca de donde se precipita un torrente: en aquella boca esquiliana moraba la elocuencia como el cóndor en su nido, como la tempestad en el seno de la nube.

La condesa, como si no hubiese oído la confesión apasionada de su amigo, o cual si quisiese eludir una respuesta, continuó como hablando consigo misma:

–¡Cuánta razón tiene María Deraimais, cuando dice: el hombre asesina a la mujer porque le resiste, o la desprecia porque cede. Tal es el dilema en que nos coloca a las mujeres en ese drama doloroso del Amor.

–Eso prueba, dijo él con una crueldad inadvertida, que el amor es un espasmo que se agita entre el Pecado y el Hastío, la Esperanza y el Olvido.

La condesa se hizo roja, como el reflejo de una llama sobre una lámina de acero, y clavando en él la mirada de sus ojos hechos opacos y glaucos, pareció interrogarle, con el acento amargo de un reproche.

–Condesa, dijo él, comprendiendo la dolorosa brutalidad de su expresión, sólo he querido decir que en el Amor, cada celaje es una ilusión, cada flor una mentira, cada beso una traición.

Serenándose, como si hubiese estado habituada a aquellas explosiones de escepticismo, que sabía bien eran generadas por su resistencia que exasperaba hasta la brutalidad el temperamento de su amigo, continuó:

–Hacéis mal en proclamar así la mentira del Ideal y la nada del Amor. El mundo está lleno aún de almas sensibles, atraídas por esos dos polos imantados, hacia los cuales tenderá eternamente el vuelo doloroso del espíritu humano. Hacia esas dos cimas consolatrices volarán siempre las almas puras: el Amor y Dios. He ahí los puntos culminantes, la última palingenesia del Ideal... Fuera de eso, no hay sino el fango de la vida, y nada más. Dios y el Amor no engañan. Comprenderlos y sentirlos: he ahí la ventura de la vida. En el seno de ellos el dolor se transfigura en esa extraña forma de dicha dolorosa: el martirio. Creer y amar; he ahí lo único alto, lo único digno de la vida. La Fe y el Amor, únicas zonas en que alumbra esa hoguera: el Sacrificio, y, se abre el lirio blanco: el Holocausto. El Amor es de esencia divina, como el Genio, y vino de los cielos, como el fuego. Creer es una necesidad del espíritu: amar es una necesidad del corazón. Una alma sin Dios y un pecho sin Amor, templos vacíos, la negación, la soledad, la muerte...

Y él la dejaba hablar, exponer la candidez de sus teorías sentimentales, la inocente Teología de su alma de mujer. ¡Alma de Amor y de Fe!

Él, a quien Dios y el Amor no visitaban con sus prodigios ni sus incendios, que no creía casi en ellos, que estaban distantes de su cerebro y de su corazón, escuchaba sin contradecir el místico arrebato, el lirismo pasional de esa alma ingenua.

Y ella continuaba:

—Hacéis mal en predicar la bancarrota del sentimiento, porque eso sería declarar la derrota definitiva del Bien y de lo Bello. El triunfo del Placer sería la muerte del Ideal. El reinado del cerdo aún no ha venido. No, el Genio no puede negar el Amor, como la cima no puede negar el rayo. Haber sido herido por ellos es una razón para odiarlos, no para negarlos. Las cimas y los genios son tristes, porque el rayo y el Amor al visitarlos, ardiendo toda la savia de su vida, los condenaron a la soledad aterradora, a la caricia salvaje de las águilas, a la visión perpetua del prodigio. Sí, amigo mío, sen pasiones heridas las que llevan a ese escepticismo, como llevaban al ascetismo en los siglos primitivos. No se puede nada contra el Amor. Él, lo puede todo. Sucede con él, lo que con Dios: negarlo es una forma de confesar que existe.

—Yo no he negado el Amor, lo he descrito. Lo que yo he querido probar es que: hay en el Amor un fondo de engaño y de miraje que conduce a aquellos que se dejan dominar por él, a la mayor desgracia a través de la esperanza de la mayor ventura.

—Es una rebeldía estéril. ¡Ay, no se puede nada contra ese incendio completo del corazón, que se llama Amor!

—Lo sé; sé que ni las alas de los místicos libran de ese incendio formidable. Tomás de Aquino mismo, arrepentido de su vida estéril, se hizo leer para morir, el Cantar de los Cantares. Lo que yo he combatido es: la tiranía del Amor.

Yo he condenado los amores racinianos, el Amor irracional, Amor del sentimiento, Amor que mata y no fecunda. He proclamado el imperio de la pasión, generatriz y augusta: el reinado de la Carne. Yo he proclamado la bancarrota del Sentimiento, frente a los que proclaman la bancarrota del Sexo.

—Amigo mío. No sois hecho para la inmensa y soñadora multitud de las almas. Vuestros libros sin corazón no se adhieren a la tierra. Los condenáis a la soledad despreciativa y soberbia. Los priváis del beso de los espíritus sensibles y de los corazones tiernos. ¡Oh, el análisis, el cáncer intelectual del siglo! No hagáis vuestros libros para alimento de águilas, dadlos como un consuelo a las pobres almas sangrientas, que sufren y que lloran... Humanizad vuestro genio. No os conforméis con hacerlo grande, hacedlo bueno.

—Hacerlo bueno, pensaba él, es hacerlo simple. Seguir el consejo del Poeta:

rentre enfin dans la vérité de ton cœur.

¡Oh, si yo quisiera –pensaba para sí–, yo haría también obras sentimentales, obras de corazón! Yo escribiría tu historia, ¡pobre mujer dolorosa y soñadora! Yo escribiría este Amor de Otoño, que germina en nosotros, ¡pobres vencidos de la Vida!... Y, esas páginas autumnales irían como palomas escapadas de un incendio, con las alas en llamas, a prender en fuego los corazones doloridos. Yo haría un libro de esta puesta de Sol de nuestras almas.

Y, luego, como respondiendo a la condesa, dijo en alta voz:

–Los grandes libros son aislados como los grandes montes y los grandes mares. La majestad es la reina de la Soledad. Hay aves de la cima y aves de los valles. Un águila al posarse, rompería la rama de un arbusto en que un jilguero canta feliz y enamorado... Las águilas no cantan.

La condesa calló, abstraída en su pensamiento. Una tristeza sideral y augusta reinaba en su mirada, sus párpados al moverse la oscurecían como el centellear de un astro muy lejano, una melancolía resignada se reflejaba en su rostro como si se arrastrase por él la sombra de todas las cosas que morían en su alma.

Él la contemplaba en silencio, lleno de una dolorosa amargura, sintiéndose incapaz de igualar en intensidad la extraña pasión de aquella alma de mujer, vaso melancólico, vaso de Tristeza y de Amor.

Y, miraba el fondo de su alma, donde el cadáver de una gran pasión lo llenaba todo...

Con la palidez de un Cristo, al fulgor de una lámpara votiva, veía él, a la luz de su recuerdo, aquel su Amor, su primero y único amor, exangüe, sacrificado y muerto...

Como la celda de un solitario, abierta a los vientos del desierto, así había quedado su corazón, después que aquella pasión hubo partido ¡Oh, lo Indestructible!

Como el rostro de una Medusa, el fantasma de aquella gran pasión llenaba todo su pasado, horrorizándolo.

Y, veía con dolor, al lado suyo, esa pobre mujer, resignada y triste, con la tristeza de ciertas flores de Otoño, que apenas tienen color y apenas perfume.

La soledad inconmensurable del desierto parecía rodearlos.

En la noche extraña, la luz de la luna levantaba castillos misteriosos en las lontananzas mágicas de un panorama de ensueño. Sinfonías exultantes de la Naturaleza, himnos a la potencia creadora, a la fuerza animal, infinita, desbordaba en la selva.

Las estrellas parecían azahares deshojados sobre el manto de duelo de una viuda.

Morían las rosas en la tibia calma nocturna, llenando el ambiente de un perfume suave y casto, mientras el viento llevaba lejos sus pétalos inmaculados, onda de blancura estremecida fugitiva en el seno del silencio.

En la calma profunda, en el espejo tenebroso de la sombra flores de lujuria abrían sus cálices rojos, como labios sedientos de la sed divina de los besos.

El aire que hace centellear las pupilas de los leones del desierto y arrullan las palomas de la selva, pasaba, por sobre el campo ardido, somnoliento, en la canícula de esa noche estival.

Se acercó suavemente a la condesa, y tomándole la mano, la estrechó con pasión y la cubrió de besos.

—Perdóname, Ada, dijo muy paso, llamándola por su nombre como un arrullo.

Ella abrió los ojos, y una sonrisa se dibujó en sus labios, como un alba de resurrección y de vida. Había en sus sienes palideces de nimbo, como de un resucitado. Sus ojos estupefactos parecían haber visto el fondo del Abismo.

Sin embargo, los volvió piadosos, al amigo rendido que tenía a sus pies.

—Perdóname, alma mía – le decía él.

Ella murmuraba palabras de paz, sobre aquella alma atormentada.

¡Cáliz de ópalo, ánfora de diamante, aquel corazón estaba lleno de la ambrosía divina del perdón! Viendo serenarse aquella alma de tempestad, ella le hablaba paso, muy paso; le murmuraba extrañas cosas, y de su boca perfumada como una urna llena de cinamomo, se escapaban las palabras consolatrices, como torcaces enamoradas, y fulgía la sonrisa como una alba de ventura.

Él se inclinó hasta el lirio de su rostro, para besar sus labios aromados.

Y ella le devolvió el beso amigo.

Su beso no tenía la sonoridad cantante de la orgía, era un beso grave y melancólico, como el brillo de una luna de invierno; era un beso pudoroso y crepuscular, cargado de recuerdos y dolores.

Él quiso traerla violentamente sobre su corazón, y ella lo rechazó poniéndose de pie.

Una rosa blanca, que se abría sobre ellos, reacia a caer, enamorada acaso de un lucero, se deshojó al estremecimiento de sus cuerpos, y los cubrió con sus pétalos enfermos, como con un manto de perfume.

Y, allá, lejos, sobre la última cima de la Sabina, un rayo de luz rebelde a desaparecer, fulguraba aún, con la persistencia de un Amor tardío, en la calma serena de la noche.

el sueño de la Vida brillante en su fulgor.

En la eflorescencia blanca del crepúsculo, la palidez hialina de la aurora, daba tintes de ámbar al cielo somnoliento.

La noche recogía su ala tenebrosa de misterio, y la mañana surgía en una irradiación de blancuras del natalicio fúlgido del Sol.

Hugo Vial, apoyado de codos en la veranda del balcón de su aposento, que daba sobre el jardín, meditaba, cansado por aquella noche de insomnio, perseguido por la visión radiosa del Deseo.

El alma y el cuerpo fatigados, se sentía presa de una laxitud melancólica, y se entregaba a pensamientos austeros, como siempre que replegaba las alas de su espíritu en la región obscura del pasado.

La magnificencia de sus sueños lo aislaba siempre de las tristezas de la vida.

Se refugiaba en su pensamiento, como en un astro lejano... Y, el mundo rodaba bajo sus pies, sin perturbarlo...

Las armonías divinas de su cerebro serenaban las borrascas terribles de su corazón. Las músicas estelares pasaban por sobre las ondas rumorosas y las calmaban.

Sentía que la Soberbia y la Esperanza, sus dos grandes diosas, venían a reclinarse sobre su corazón, tan lacerado, y le parecía que el dulzor de los labios divinos venía a posarse sobre sus labios mustios.

La acuidad de sus sensaciones diluía hasta lo infinito, este placer intelectual del ensueño luminoso.

La voluptuosidad misma de su temperamento, tan poderoso, no llegaba a irrespetar la pureza mística y bravía de sus ideales.

La animalidad, que sacudía sus nervios y circulaba por sus venas, como el agua en los canales sin olas de una ciudad lacustre, no llegaba a manchar el alba, la inmaculada pureza de sus ideas, refugiadas en la torre de marfil de su cerebro, altanero y aislado, como una fortaleza medioeval.

Cuando la mediocridad ambiente de la vida lo acosaba, como una jauría de perros campesinos a un gato montés, se escapaba a la selva impenetrable de su aislamiento y era feliz.

Iba a la soledad como un león a la montaña: era su dominio.

En el silencio, poblado de visiones, su pensamiento vibraba y fulgía, como las alas de un águila hecha de rayos de Sol.

Su ideal, como el templo de Troya, siete veces ardido y siete veces reconstruido, volvía a alzarse, en el esplendor de su belleza insuperable.

El aislamiento es la paz.

Flores de consuelo, flores desmesuradas y balsámicas, extienden allí su fronda misteriosa, y el juego de esas plantas da el brebaje salvador del Desprecio y del Olvido.

Amaba la soledad, como a una madre, en cuyos senos inextinguibles se bebe el néctar lácteo de la quietud suprema.

Sólo los hombres de un individualismo muy pronunciado pueden amar la soledad; y él la amaba.

El Genio se basta y se completa a sí mismo.

Él, como Goethe, se había hecho una religión: la de su Orgullo.

Y, desde aquel castillo encantado, gozaba la voluptuosidad de sentir los pies sobre la frente de la multitud.

Su estilo lo aislaba de la muchedumbre, como su carácter.

Aquel su estilo, señorial y extraño, torturado y luminoso, exasperaba las medianías, enradiaba la crítica y hacía asombrar las almas cándidas, pensativas, al ver cómo la Gloria besaba aquella cabeza tormentosa, engendradora de monstruos. Había en aquellas frases lapidarias, llenas de elipsis y sentencias, de sublimidades obscuras y de apostrofes bíblicos, tal cantidad de Visión, que asombraba las almas débiles incapaces de comprenderlas, que retrocedían asombradas, como a la aproximación de lo sobrenatural o al contacto del Prodigio.

Y, las almas artistas se deleitaban con aquella pompa regia, aquellas perspectivas orientales, donde la dialéctica fingía el miraje, donde se veían, como estatuas de pórfido rosa, esfinges de granito rojo, lontananza de turquesa pálida, en la inmensa floración de imágenes y colores con que adornaba sus pasiones y sus sueños, en esa decoración espléndida, en la cual el Dolor pasaba como una águila marina, lanzando un grito de horror, al entrar en la tiniebla...

Se aislaba, esperando la victoria inevitable del Genio sobre la vulgaridad ambiente, sobre la miseria imperante y poderosa de su época.

Su aislamiento no era el Ocio.

Su vida era el combate.

Combatía desde su soledad, como desde una fortaleza. Y, arrojaba sus ideas, como granadas incendiadas, sobre los campamentos enemigos.

Sus libros, perturbadores y austeros, iban como Cristos pálidos, insultados por la estulticia de la multitud y el odio fariseo, lapidados e inmortales, esperando desde la altura de su cruz, su resurrección inevitable, su reinado inextinguible.

A su palabra, en el silencio de una admiración decorosa, las almas grandes se abrían, como una germinación de rosas al viento primaveral.

Su verbo fecundaba como el sol y como el aire.

Y, muchas veces, los oprimidos se habían ido tras ese verbo rojo a la contienda, como tras un estandarte de triunfo, en esas horas tristes de la Historia, en que siendo vanas todas las llamadas al Derecho, se opta por las soluciones vengadoras de la Fuerza y el Hecho, sangriento y pavoroso, aparece sobre la roca formidable.

¡Horas tristes, en que sobre el horizonte se extienden como dos madres de carmín las alas bermejas de Azrael! ¡Horas de la desesperanza, en que los pueblos, cansados de aguardar al Dios salvador, buscan al Hombre, salvador, y viendo que el cielo no se abre y el Cristo no desciende, bajan ellos mismos, sangrientos, a la arena, y el suelo se hace rojo, y a la oración sucede el trueno...

Habituado a mirar en el fondo túrbido de la multitud, para encontrar en ese fango humano las cosas infinitas, de que hablaba Leonardo a sus discípulos, lanzaba sobre ella su palabra de fuego, seguro de su efecto. Él sabía que la elocuencia verdadera debe producir sobre los pueblos el efecto del huracán sobre las olas, de la llama sobre el heno seco, de la chispa sobre la pólvora, debe producir la tormenta, el incendio, la explosión, la tragedia irremediable...

Llegaba al espíritu de la multitud, como un domador entre las fieras, y le arrojaba su elocuencia como una cadena. Su verbo piadoso caía sobre aquel mundo en desgracia, sobre aquella mártir anónima, como un bálsamo salvador, como un grito de esperanza.

Y, recibía el aliento enfermo, la confesión de aquella alma llagada, como los sacerdotes de San Miníato, con las manos ligadas, confesando los pestíferos de Florencia...

Y, se refugiaba después en su soledad, y se envolvía en su manto de nubes: el Desdén.

No quería, como el Federico Moreau de Flaubert, ser castigado por no haber sabido despreciar.

El desdén es una cima.

En su altura formidable no bate su ala el dolor.

Y aquel gran desdeñoso, aquel luchador, aquel Apóstol, se refugiaba en su fortaleza, esa mañana, y se volvía hacia el pasado, como si su alma entrase en el reino silencioso de la sombra y de la muerte.

Miraba el periplo de su vida dolorosa.

Sonaba en esa vida la hora del Tramonto.

Había pisado el séptimo lustro de su edad. Pocos pasos más, otro lustro, y su juventud iba a desaparecer en el crepúsculo de la cuarentena florida y radiosa.

Su juventud agonizaba en una apoteosis de sueños y dolores.

Y, su pobre alma herida y triste, sollozaba en el fondo de esa nube luminosa.

En el estuario de esa juventud moribunda, las olas turbulentas se retiraban, dejando en descubierto sobre la playa triste, ruinas de sueños y de pasiones como esqueletos de crustáceos desmesurados.

Los ruidos de aquella edad le llegaban como murmullos de un mar lejano.

Con una melancolía profunda, miraba la marea de la vida alejarse de su corazón, y allá, en el horizonte, como naves empavesadas, veía la juventud de otros marchar hacia la vida.

Y, allá, más lejos, sobre cimas muy remotas, el sol de la Gloria, rojo y fúlgido, iluminando su horizonte, en esa hora de la tarde, en que el sol de la juventud se eclipsaba para siempre.

Una gran sombra de tristeza vagaba sobre su rostro, y se refugiaba como el ala de un pájaro negro, en la comisura de sus labios, en el rictus doloroso de su boca elocuente y melancólica, en donde el desdén habitual de la vida había impreso un sello triste, perenne, como un desafío a la risa y al Amor.

¡El Amor!... He ahí lo que preocupaba en ese instante su alma extrañamente turbada, ante el problema pavoroso...

La imposibilidad de amar, que acorazaba su corazón, lo laceraba también.

Aquella fortaleza que había sido el Orgullo y la fuerza de su vida, se le hacía dolorosa en aquel momento.

Y, llevaba las manos a su pecho, como buscando el corazón, bajo la malla invulnerable.

¿No latía al reclamo del Amor?

León dormido ¿no despertaría sino al rugido del contrario o al estallido del trueno formidable? ¿el arrullo de las palomas no perturbaba su sueño, poblado de visiones de combate y vuelo de águilas rojas?

Y, hubiera querido amar, hubiera querido ser susceptible de la pasión sentimental y tierna, hubiera querido tener un corazón, para darlo en cambio de aquel corazón que se le ofrecía, sangriento y doloroso, con sed de inmolación, resignado y triste, en su crucifixión estéril, corazón que tenía el valor de renunciar a la esperanza, y, sin embargo, desgarrándose a sí mismo, con sed divina de holocausto, decía a su propia pasión, como el klepté al águila: come mi corazón, crecerás de un palmo.

Una alma es un símbolo. Y, aquella alma de mujer se abría ante él, profunda en su misterio, luminosa en su angustia; y de su seno de flor celeste salía, blanco y doliente, como un niño marchando hacia las fieras del Circo, la negación perpetua de su vida: el Amor.

¿Y su corazón permanecería insensible ante la dolorosa inmolación de un alma, sereno como el sacerdote que sacrificaba las antiguas víctimas, y como el dios que recibía el holocausto?

Un año hacía que se agitaba, queriendo hacer hablar su corazón, mudo, impenetrable...

Un año hacía que había conocido a la condesa Adaljisa Larti, en el baile que el Embajador de una gran Potencia daba en honor de un huésped real.

Displicente, taciturno, como siempre que el deber de su puesto lo obligaba a concurrir a aquellas fiestas, había ido, como muchos, dispuesto a aislarse, a perderse en medio de aquel mundo brillante, del cual él sabía bien que era un átomo galoneado, venido como la mayoría de sus colegas, a hacer fondo de tapicería, al poderoso representante de un Amo Omnipotente, en el cuadro deslumbrador de aquella fiesta casi regia.

Formaba de los últimos en una de las alas que se abrían reverentes, al paso de los soberanos que partían.

Había apenas desaparecido en el salón cercano la figura marcial y blanca del Rey y la silueta blonda y sonriente de la Reina, cuando al levantarse de todas aquellas cabezas inclinadas, se alzó frente a él, majestuosa y rubia, como la estela de la belleza real, que acababa de ocultarse, una dama prodigiosamente hermosa, vestida de negro, cuya cabeza áurea, constelada de perlas, semejaba una flor de oro, en un mar de estaño. De sus ojos verdes, medio entornados, de su garganta maravillosa, de su seno desnudo y pulcro, como el de una estatua, de su cabellera, recogida en ondas luminosas, sobre su frente estrecha y pensativa, de toda su belleza, eminentemente sugestiva, se desprendía un extraño poder de atracción, una sensualidad misteriosa, irresistible, que llamaba como un abismo, y atraía como una vorágine, en las ondas violentas del deseo.

Era la condesa Larti.

Belleza otoñal, belleza en el tramonto, se le habrían dado apenas veinticinco años, tal era la tersura de su piel, tal el esplendor de sus formas casi núbiles, el perfume de juventud y de frescura que emanaba de toda ella, en el prestigio turbador de su belleza.

Última de las tres hijas del Duque de Rocca-Estella, gran Señor romano, irreductible, que después de la caída del Poder temporal del Papa se había retirado a su castillo señorial en los montes Albanos, no queriendo ver ni oír nada de lo que la conquista hacía dentro de los muros derruidos de la Ciudad Eterna.

Adaljisa Rocca, rebelde a consumirse en aquel nido medioeval, entre la malaria y el hastío, había casado a los diez y seis años con el conde Larti, noble maltes, apasionado servidor de la nueva dinastía, y rabiosamente adverso a la tradición papal. El duque no perdonó nunca a su hija aquel matrimonio, que el creía una abdicación de su raza. La duquesa murió de soberbia, en un golpe de apoplejía, como herida de un rayo, entre las blondas y los encajes negros de su duelo inconsolable.

Adaljisa no fue feliz.

El conde Larti era un verdadero beduino blasonado. Corrompido hasta la medula de los huesos, cínico, insustancial, libertino de baja estofa, agotado, incurable, gastando su fortuna, debida toda a la política, en la embriaguez, el juego y las queridas nominales, dejó a su pobre mujer en un abandono ultrajante, del cual ella, demasiado altiva, no pidió nunca cuenta.

Un escándalo deshonroso del marido hizo a la condesa pedir la separación que le fue concedida, con la guarda de su hija.

Desde entonces vivía sola, inaccesible a la murmuración, en el duelo de todos sus afectos.

El duque murió sin perdonar, pero, gran Señor hasta la hora de la muerte, no dejó a su hija en desamparo, y Adaljisa gozaba de una gran renta, a la cual no podía alcanzar la torpe avidez de su marido.

Su nombre, su infortunio, su belleza, la mantenían siempre en la más alta sociedad, sobre la cual ejercía la influencia de su talento superior y de su hermosura enigmática y triste.

Hugo Vial se hizo presentar a ella, por un diplomático amigo suyo.

Y, el encuentro de aquellas dos almas fue decisivo.

Ella sintió en su naturaleza tierna y herida, la impresión poderosa de un alma superior, algo como la sombra de las alas de un águila, sobre el nido de una paloma enamorada. Sintió como la caricia de una garra, sobre su corazón; algo extraño, divinamente dominador, que la poseía y la exaltaba. Sintió el hálito de fuego de aquella palabra voluptuosa y alta, pasar sobre el desierto de su alma cargada con el polen de extraños pensamientos.

Y, sintió el verbo anunciador de cosas irreveladas vibrar en un limbo confuso, como el eco augural de divinas evocaciones.

Y amó al Iniciador.

Y, él sintió el aliento tibio de aquella carne otoñal, el brillo glauco de aquellas pupilas tristes, el aliento de aquella boca desdeñosa y sensual, subirle al cerebro, perturbándolo, y pasar por sus nervios, en todos los espasmos del deseo.

Y, anheló aquella madurez florida, como un bosque en octubre, aquellas pupilas tristes, como vésperos invernales, aquel seno que lo atraía como imán irresistible.

El alma de ella, como una rosa enferma, se abrió al sol divino leí Amor.

Y, el cuerpo de él, como el de un toro salvaje, se agitó al liento enervante del deseo.

El Amor se alzaba en ella, como el nimbo de un astro.

El deseo se alzaba en él, como la niebla de un pantano.

Y esta opuesta psicología de su pasión formaba la lucha dolorosa de sus almas.

Ella, a alzarlo hasta su sueño.

Él, a bajarla hasta su deseo.

Alma delicada, como las alas de una crisálida, suave, como los pétalos de una flor, la condesa no ignoraba qué diferencia había entre el Amor de su corazón, ardiente, inmaterial, como una plegaria, y aquel Amor de deseo que ella inspiraba, amor ardiente como una llama, brutal, como la caricia de un león.

Y amaba a aquel Dominador. Amaba de sus ojos]a mirada extraña y sugestiva; amaba aquella voz que tenía toda la gama de la elocuencia, y amaba aquella alma única, solitaria y alta, tempestuosa y bravía.

Y, él amaba aquella carne tentadora y fulgente, aquellos ojos de luces fosforescentes, luminosos y profundos, aquel seno, aquellas curvas, todo aquel cuerpo, que hablaba a su deseo, que lo fascinaba como un sortilegio de carne, como una vibradora admonición a interminables horas de placer.

Y, comprendía aquella alma generosa y triste, solitaria en la vida, altiva y melancólica.

Y, hubiera querido amarla, con un amor puro, alzarse hasta ella, en ese éxtasis venturoso, ir como ella, hasta la inmolación del deseo, en sacrificio al sentimiento.

Pero ¡ay! el amor inmaterial le era desconocido. Su corazón no latía para estas beatitudes supremas. Su cerebro, ardiente como una fragua, consumía toda su vida. El éxtasis del Yo, su solo culto, lo ensordecía para el arrullo tenue de la pasión vulgar. Sólo los grandes ruidos del aplauso y del combate, el espectáculo neroniano de las multitudes en delirio, las fiestas dionisíacas de las democracias en orgía, las furias del tremendo mar humano, hacían despertar en su cerebro las águilas fulgentes.

¡Y la deseaba, y sufría, y era torturado, por esta sed carnal de la pasión!

¿Cómo llegar hasta ella, hasta la posesión de su cuerpo perfumado, que era para él todo el poema del Amor?

Sí, porque él la amaba a su manera.

Si le hubieran dicho que esa mujer iba a desaparecer de su vida, a dejarlo para siempre, habría sentido un dolor profundo y verdadero, un eclipse de sol en su espíritu, la soledad de un náufrago que se siente morir entre las olas y el cielo, en la salvaje inclemencia de la duna solitaria.

Habría dado todo por salvarla, todo por detenerla: todo menos la inmolación de su sueño.

¿Cómo llegar hasta esta cima de su deseo, hasta el perfume de esta rosa otoñal, inaccesible? Por el camino del sentimiento único abierto en aquella alma noble, soñadora de quimeras.

E iba así, por este sendero de rosas, bajo este cielo de nubes fúlgidas, entre este vuelo de mariposas áureas, él, el soñador de nubes rojas y de cóndores bravíos.

Iba así, en pos de su deseo, en peregrinación hacia el Amor él, que no creía en el ídolo maldito. Y se perdía en los senderos' bucólicos, tras el vuelo de las palomas, él, hecho a trepar las cimas abruptas del pensamiento, bajo el ala de los huracanes tras el vuelo vertiginoso de las águilas.

Y, odiaba esa comedia sentimental, y, sin embargo, la seguía, y, temía mancillar la pureza inmaculada de aquella alma, descubriendo ante ella la llaga brutal de su deseo.

Y, ese deseo lo torturaba más que el Amor sagrado de la carne.

Y, allí estaba ese día, exasperado y violento, torturado por la angustia, pensando en los domingos, que durante ese estío le era dado ir al Villino Augusto, y estar al lado de Adaljisa, y envolverla en la llama triunfal de su deseo.

Y, allí estaba, insomne y triste, como un enamorado romántico, él, el gran apóstata del sentimiento y del Amor.

¡Y, hubiera querido tener un corazón sentimental!

¡Y, hubiera querido amar como las almas tiernas y sensibles! ¡Y era tarde para amar!

Y, Tántalo soberbio, veía a lo lejos el agua bullidora, y tendía a ella los labios, ardidos del deseo.

Y, dejaba volar sus sueños rojos en la quietud inmaculada de esa mañana serena, y sus ojos deslumbrados con la visión cantante de la Gloria, veían, allá, sobre las cimas azuladas, inaccesibles, alzarse como un halo de misterio, en símbolo de sacrificio, en su blancura eucarística, el pan del espíritu, la hostia divina del Amor.

Agnus Dei...

las rosas matinales más blancas que la nieve.

El bosque perfumado, como una rosa abierta; el aire embalsamado de nardos y jazmines; el suelo tapizado de flores de naranjos; y tantas rosas blancas abiertas en la fronda, y tantas tuberosas y tantos alelíes, y tantos lirios cándidos, gardenias y claveles, abriendo sus blancuras en medio de la selva, que se diría haber llovido nieve, tanto así las blancuras tamizaban los prados del jardín.

El cielo azul, con un azul de zafiro, con una transparencia de cristal; una calma de bosque de la Arcadia, un silencio magnífico de selva...

De pronto, ese silencio interrumpido por una nota gaya y vibradora...

Algo como un arpegio misterioso, como el canto de un pájaro divino, pasó como caricia de armonía, despertando el dormido florestal...

Y las flores blanquísimas se irguieron, en un anhelo casto de perfume.

Y los ánades místicos plegaron las alas, en señal de adoración.

Pasó la nota gaya en la floresta, pasó como un cántico de Amor.

La condesa Larti, que en un banco del jardín aspiraba el aire matinal, alzó su cabeza, soberbiamente bella, bajo el sombrero blanco que la envolvía en una nube de encajes, y prestó atención.

Era Irma, su hija, que reía.

Reía, y su carcajada tenía notas del agua fugitiva.

Como una corza blanca, escapada a los zarzales de una selva, Irma apareció, radiante y feliz, rompiendo una enredadera cercana, deslumbrante, en su hermosura de canéfora, luminosa, como la Aurora de Guido Reni, guiando el carro del Sol.

¿En qué país de sueños había nacido aquella flor de Belleza?

¿Bajo qué cielo, en qué fronda, en qué crepúsculo mágico, se había abierto aquella rosa incomparable y soberbia?

¡Divina flor de adolescencia, flor de nubilidad, sugestiva, delicada y triunfal!

Sus cabellos negros, de un negro tenebroso, lucían al sol matinal con la radiación difusa de una lámina de acero. Sus grandes ojos verdes, más claros que los de su madre, sombreados por grandes cejas y pestañas negras, semejaban dos gemas, contornadas de zafiros. Su boca se abría, como un alvéolo, picado por un pájaro. Sus formas, en plena eflorescencia, diseñaban los encantos de su cuerpo de virgen cananea.

Traía, entre los brazos y el seno, un aluvión de rosas blancas, húmedas de rocío, y sobre aquel nido de alburas perfumadas, se posaba su rostro, radiante, como una flor de pétalos de luz.

Su madre la besó en la frente, sonriendo ante tanta juventud, tanta vida, tanta alegría desbordante y ruidosa.

—¡Ay, mamá, qué susto he tenido! —dijo la niña—. Si vieras qué malo es Guido, ha soltado a Tula, para que viniera tras de mí. ¡Me ha hecho correr tanto!

Y, deponiendo las rosas sobre el banco de piedra, comenzó a arreglarse los cabellos y el traje, descompuestos por la carrera Y las caricias locas de la perra de caza.

Vestido en traje de campo, trayendo ya una inmensa galga blanca, Guido Sparventa llegó riendo, hasta el banco donde estaba la condesa, y se sentó a su lado, mientras Tula, desesperada, pugnaba por saltar de nuevo sobre Irma, que huía.

Guido era el tipo clásico del joven romano, de alto rango, ese tipo serio, aun en los niños, reservado sin frialdad, digno sin pedantería, soberbio sin despotismo, afable, altivo, decoroso en todo.

Alto y delgado, imberbe, pálido, con facciones acentuadas, hechas como para encanto de un cincelador de bustos, cabellos castaños lacios, boca grande, imperativa, dientes blanquísimos, no era lo que el vulgo llamaría un hombre bello, pero era el tipo distinguido y puro, el tipo noble de la raza de quirites antiguos.

Hijo de los condes Sparventa, y por ende emparentado con los Larti, era mirado por la condesa casi como un hijo suyo, pues vivía en su intimidad, y enamorado de Irma desde niño, se amaban con tal ternura que su matrimonio era una cosa tácitamente pactada entre las dos familias.

Guido reía del susto de Irma, y la condesa reía también.

Hubo un breve coloquio de minutos, y los jóvenes partieron de nuevo, en busca de rosas, de más rosas, tan blancas como las que nacían en la primavera gloriosa de sus almas.

La condesa quedó sola.

Viendo partir esa pareja enamorada, joven y feliz, que tenía ante sí todo el porvenir de la vida, aquella pobre mujer abandonada, aquella pobre alma sensitiva, sintió que una gran tristeza le invadía el ánimo, una sed inquieta de llorar sobre su corazón desesperado.

Como bajo un íncubo doloroso, su corazón gimió bajo el recuerdo.

Un hálito de sublime melancolía arrastraba sus pensamientos, como el viento invernal las nubes de los cielos, y pasaba sobre su corazón, como sobre una cosa muerta...

¡Ah, tenía un corazón!

¡Y, ese corazón desnudo le daba horror! Al mirar en el fondo de él, como por un conjuro evocador, la imagen del Amado surgía magnífica y terrible, y le parecía sentir sobre ella la mirada cruel del domador, y la tristeza de su sonrisa amarga, y la caricia brutal de aquella palabra conquistadora, que pasaba sobre su ternura desolada, como un viento del desierto, como el aliento de aquella alma árida y triste.

La sumisión de aquel genio rebelde, la purificación de aquel corazón bravío, eran el sueño y el tormento de su vida.

Inflexible consigo misma, acusaba su corazón con una violencia inusitada y rabiosa, y no quería ocultarse la verdad de su pasión. Sí, lo amaba con una admiración y una ternura superiores a todo lo humano.

Su amor estaba hecho de todas las pasiones grandes y nobles, de todos los sentimientos delicados, que crecen en los senos recónditos, en los parajes inaccesibles y sagrados del alma humana. Era un castillo hecho con los fragmentos de las rocas más recias, en las cimas más altas, a donde sólo llegaban los sueños de grandes alas inmaculadas y tristes.

Como ahogada bajo aquella honda pasión que le subía a la garganta y a los ojos, provocando el sollozo y las lágrimas, se abrazaba al dolor de su recuerdo, al secreto bendito de su corazón.

Sí, amaba; y amaba por primera vez.

Su amor era hecho de todas las virginidades, de todas las alburas de su alma inmaculada.

Su corazón llegaba al Amor. Pero ¡ay, llegaba tarde!

Era en su vida la hora del Tramonto, la hora de la tristeza augusta, en que se ven hundir en el horizonte todos los ideales, como un derrumbamiento de estrellas.

Era la puesta de sol, magnífica y grandiosa, de su juventud soberbia. Y, su belleza misma se transfiguraba en esta hora, en una melancólica radiación de lumbre vesperal, en una como apoteosis de astros moribundos.

¡Oh, si el Amor pudiese hacer el milagro de Josué! ¡Si pudiese detener el sol de la vida en el horizonte, una hora, un instante, el instante de amar y de morir!

No. El crepúsculo avanzaba silencioso, como una onda negra, y lo ahogaba todo, y todo desaparecía... ¡Oh, la vida! ¿Por qué había llegado su corazón tan tarde a la hora deliciosa del Amor?

¿Cuánto duraría ese sol moribundo iluminando el horizonte?

¡Aun era bella! Su belleza triunfal y tentadora había deslumbrado los ojos del Amado. Pero, ese mismo deslumbramiento la asustaba.

Su alma, exquisita como un perfume, delicada como un pétalo, se resentía de inspirar aquel deseo brutal, que contrastaba con la idealidad de su Amor.

Ella se había asomado a aquella alma obscura como el Abismo, tempestuosa como el mar, árida como el desierto, y había visto allí, no el Amor turbador y casto, que purifica y engrandece, sino al Amor brutal, que seduce y que mancilla.

¡Y, había retrocedido asombrada!

Pero, la fascinación poderosa la retenía allí, al borde del Abismo.

Sí, ella había amado la idealidad de aquel Genio, su rebeldía dolorosa, su amargura hostil, la elegancia del Águila, la fuerza del Cóndor y la armonía de la Alondra.

Y, más que todo, amaba aquella palabra que era la música, el reflejo, la imagen de aquella alma.

Amaba en él su soberbia, esa conciencia de su personalidad, la primera condición de quien quiere tenerse en pie, en la lucha de la vida.

Amaba su egoísmo, ese egoísmo que la asesinaba, porque su alma era hecha de inmolaciones, materia purísima de Sacrificio, como la mirra y como el cirio.

Amaba el orgullo indomable de aquel pensamiento, que lo hacía mantenerse siempre en lo alto, porque descender es una tristeza para los genios como para las águilas.

Lo amaba como la multitud: por su grandeza.

Y, lo amaba por sus dolores.

Ella lo había visto replegar el ala en la soledad, como un cóndor herido, y lo había oído sollozar en silencio, en el misterio casto de sus grandes pesares. Las águilas no se arrastran ni en la agonía, caen sobre la roca, inmóviles, plegando las alas pudorosas, con la nostalgia inmensa del espacio, y sus pupilas no se hacen turbias sino rojas, con un fulgor del sol en el ocaso.

Ella lo sabía inútil para la lucha infame de la vida, y desdeñoso de ella. El Genio destruye su fortuna, como el cóndor desgarra su nido. Su grandeza lo hace inhábil y sus cualidades, como las alas del Albatros, son remos en la altura, y rémora en el suelo. El Genio es tenebroso y no rampante: ignora las habilidades abyectas.

Lo sabía perseguido.

Ella lo había visto inmóvil, de pie, en medio de las ruinas de sus sueños, no resignado como Job el de Idumea, ni triste, como Mario el de Minturnes, sino soberbio, como Satán el de la fábula, mirando descrecer el sol, y desafiando el cielo.

Ella lo sabía odiado.

Él, gustaba de hacerle oír cuanto la Envidia y el Despecho decían contra su Gloria.

Y, hacía vibrar la frase insultadora, como un cordel hecho de nudos de vísperas, y, a cuanto la mediocridad decía contra su grandeza, gozaba en ponerle la música de su palabra, como un último homenaje de su desdén.

Lo amaba así, como aparecía en la nube blanca de sus sueños; soberbio, irreductible, misterioso y extraño, con el gesto del desdén en la boca, elocuentísima, y el verbo musical y gesto trágico, que se unían en él, en amalgama incomparable.

Sí; lo amaba con todo el corazón, con toda el alma.

¡Y, al confesarse su pasión, no se ocultaba los escollos del presente, la gran tristeza de la hora formidable!

Sí, era la del Poniente.

La declinación da la vida comenzaba para ella, en una pendiente florecida de plantas otoñales, perfumada aún por la flor augustal de su belleza.

Pero, era el descenso, era el crepúsculo, el abismo y la sombra... la Noche que venía...

Sus sueños de Amor, detenidos como aves incautas, tendrían que huir pronto, que plegar el ala, que dormir, ¡ay! para siempre.

¡Oh, lo Ineluctable!

¿Por qué se envejece en plena vida?

¿Por qué se va la juventud y queda el alma?

¿Por qué el Amor no es flor de adolescencia, y crece aún en la zona triste que empieza a helar el viento de la tumba?

¿Por qué esa flor matinal, ebria de sol, crece aún en las sombras de la tarde?

¡Oh, amores vesperales, cosas tristes! ¡Oh, corazones vivos en la Muerte!

Absorta, desoladamente bella, en la agonía de esa hora, la condesa extendió maquinalmente la mano, y arrancó una gran rosa blanca, de la cual algunos pétalos estremecidos rodaron sobre el banco.

—Está marchita — murmuró, trayéndola a sus labios, como a una hermana cariñosa.

—¡Y es aún bella! Una hora más, y nada quedará de tanto encanto.

Una tristeza profunda la invadió, besó la rosa con pasión, como si besase su propia vida, y la aspiró con vehemencia, como si el perfume de aquella rosa casi muerta, diera fuerzas a su corazón desfallecido.

Y, así, maravillosamente bella, parecía una gran flor de duelo, en aquel jardín en fiesta.

A lo lejos, la risa de Irma formaba ritmos de alegría, y el agua murmuraba en el jardín, como ebria de amor con el beso del Sol.

Todo Vida y Amor en torno de ella, sólo en su corazón había la Muerte.

Y, las voces del huerto florecido parecían hablarle de Esperanza.

—Aun es tiempo, le decían, aun es tiempo de amar.

Y, la voz sensual y rumorosa del Amado parecía subir hasta ella, irresistible, inapelable, diciéndole:

—Aun es la hora de amar. Aun eres bella.

—Déjame detenerme en el sendero de tu corazón. Déjame amarte...

Se estremeció, como si escuchase la voz augusta del Deseo.

Y, al temblor de su mano, la rosa marchita cayó en pétalos al suelo.

La condesa bajó la frente y lloró sobre aquella rosa muerta símbolo de su juventud y de su vida.

Y un sollozo profundo pasó sobre el jardín en fiesta, como una sinfonía de angustias, como el himno de las rosas moribundas.

las almas virginales soñando en el Amor.

Guido Sparventa no amaba a Hugo Vial.

Aquel orgullo desmesurado, que no tenía el artificio de ocultarse; aquella corrección fría como la hoja de un puñal; aquella urbanidad desdeñosa; aquella elegancia exótica y severamente personal; aquella afabilidad artificial, que no alcanzaba a ocultar todo el desprecio que aquella alma huraña sentía por los hombres y las cosas, disgustaba, y, humillaba el alma exquisita y altiva del joven patricio.

Y, sin embargo, cuando se hallaba cerca de él, sufría como todos, la extraña fascinación de esa inteligencia, la rara sugestión de esa mirada, el influjo de ese tacto exquisito, y aun la altanera displicencia de aquella tristeza olímpica, que desbordaba en frases amargas, por esos labios, ungidos para la Verdad, por el beso de todos los dolores.

Y, no podía libertarse de admirarlo. Y, había momentos en que lo admiraba todo en él, pero con uno como terror supersticioso, como si admirase las vestiduras brillantes de un sacerdote Sacrificador de víctimas sangrientas, o las sortijas, de un Sortilegio, en el acto de la Evocación.

Y, a pesar de eso, venía a buscar el concepto de aquel hombre extraño, en los diarios acontecimientos de la política y de las letras, su consejo en asuntos de etiqueta, y aun su aplauso en el gusto de sus vestidos de joven dandy.

Y, admiraba, con igual ingenuidad, la frase incisiva, la sentencia profunda que salían de su boca, como el extraño camafeo, el raro anáglifo de bronce, que lucía en el dedo pálido del Mago. Era en efecto raro aquel anáglifo tosco, comprado a un viejo árabe, vendedor de antigüedades, en una calle de Corfú. Era una cabeza hierática, sin duda de una Emperatriz, según las bandas lidias que encuadraban el rostro, un rostro sereno de Esfinge, enigmático como el misterio. Y, ese rostro inmutable parecía fulgir, resplandecer, casi animarse, cuando su dueño lo agitaba, en el movimiento rítmico y grave con que solía acompañar la música de sus frases.

Pero, cuando quedaba solo, libre del sortilegio, sentía una impresión repulsiva hacia aquel parvenu, hacia aquel bárbaro, porque para el joven quirite, aquél era un parvenu de la diplomacia, raro y suntuoso, como un príncipe de Anam, un bárbaro de mucho talento, un Encantador, venido de muy lejos pleno de ciencia oriental y sortilegios fatales.

Y, se vengaba entonces diciendo lo que quería a la condesa, que lo escuchaba sin responderle, y a Irma, que asentía a todo, porque ella también odiaba a aquel intruso, a aquel desdeñoso, que la trataba como a una niña y le robaba en parte el cariño de su madre. Y, lo temía, como a un ídolo malo, como a un hechicero, que con un conjuro podía tornarla en piedra, como a las princesas de sus libros de cuentos.

Así esa tarde, en que lejos de la madre, en la tibieza tardía de esos crepúsculos de verano, paseaban los dos sus amores por las alamedas desiertas del jardín, bajo el fulgor de un cielo tranquilo, como un damasco blancorrosa, sembrado de lilas, y el nombre de él, del odiado, surgió entre los dos, sus almas se vieron y se comprendieron, a través de ese odio, hecho de partículas de su amor.

–¿Tú lo odias? dijo ella con su voz de cántico y de ritmo.

–Sí; mucho, ¿y tú?

–Mucho.

–Y él no nos ama.

–Ese hombre no ama a nadie.

–¿A nadie?

La joven bajó la cabeza, sonrosada, como un copo de nieve, teñido por un rayo de sol.

Él calló, como temeroso de mancillar con sus palabras algo sagrado para ellos, de ajar con sus ideas el pudor que temblaba en aquellas carnes blondas, que tenían el esplendor del lys bajo las palideces lunares.

Y tomó en las suyas, las manos temblorosas de la virgen, y las llevó a sus labios, con un respeto religioso, como si besase un icono votivo.

Amor verdadero, amor que tiembla. Amor es Poesía.

Y vagaron así, bajo los grandes árboles, silenciosos, como si un aliento de tristeza o de muerte los circuyera, cual si aquel nombre odiado hubiera pasado entre ellos para separarlos, para acabar con su ventura, como un viento de desolación y de exterminio.

Ella se acercó instintivamente a Guido, inclinó sobre su hombro su cabeza negra, cerró las dos libélulas de esmeralda de sus ojos verdes, de un verde pálido, color de aguas marinas.

Él tuvo como un presentimiento de desgracia, estrechó fuertemente las manos de Irma, y un resplandor de orgullo y de fuerza brilló en sus ojos desafiadores del Destino y de la Muerte,

–Tengo miedo del porvenir, mucho miedo, dijo ella.

–Los nervios; la tarde anuncia borrasca, dijo él, contemplando el cielo, que se hacía brumoso, oscureciendo en el confín la última irradiación, rosa-gloria, del crepúsculo, donde como en un viejo satín, color de paja, bordado de abejas de oro, vagaban las últimas luces blondas, en el aire coloreado de un carmín pálido de rosas.

Estaban cerca al grande estanque, donde en la basca limosa y verde, un cisne hierático bañaba sus alas de plata, y paseaba las nostalgias de sus pupilas de zafiro, más obscuras en el disco místico de su blancura inmaculada de hostia.

–Veamos a Luc, dijo Irma, es mi pájaro agorero, él me porta siempre ventura. Tú sabes que el Amor de los cisnes salva del mal. Y se acercó al estanque.

El pájaro asustado, abrió las grandes alas, como abanicos de nieve, ensayó volar, y huyó hacia la selva, y se perdió en la arboleda obscura, dejando en pos de sí algo como una palpitación de alas, un estremecimiento de onda, una estela eucarística, como un rayo de luna en un campo de rosas.

27

—Guido, Guido, ¿has visto? exclamó la virgen pálida, temblorosa en el horror de su superstición.

—Sí, respondió él, con voz que ocultaba mal su emoción: Caprichos del animal.

—No, Guido, algo nos amenaza. Ese es un augurio fatal; ¡Dios tenga piedad de nosotros! El vuelo de los cisnes ¿tú sabes lo que significa el vuelo de los cisnes?

Y cerró los ojos, como si temiera ver en el cielo los signos del Augurio pavoroso.

Un viento de borrasca agitó los árboles, un relámpago iluminó el horizonte, y retumbó el trueno, tras de las cimas lejanas.

Y regresaron silenciosos, pensativos, cual si vibraran sobre ellos las grandes alas trágicas de un cisne en vuelo, proyectando su sombra de misterio en la albura muriente de las rosas...

los gritos del Deseo, lebrel encadenado...

El ónix de los cielos se incendiaba, como un águila de oro, agonizante en la quietud serena del espacio.

Procelarias fugitivas hacia la costa oscura de un mar de ópalo, las nubes vagabundas parecían, con sus orlas teñidas de carmín. Inmóviles las otras, semejaban, en la densa, infinita perspectiva, Ibis melancólicas, soñando en la riva silente de un Océano.

El parque, como estanque silencioso, con las aguas dormidas, verdinegras, hacia la fronda entera rumorosa, sobre la cual los árboles tendían la amarillenta sombra de sus copas, como un bouquet de flores de topacio...

Del jardín entenebrecido, subía la sombra a las terrazas, donde nubes de noctículos fosforescentes semejaban en las enredaderas oscuras una extraña floración de lilas incendiadas.

En el salón hundido en las tinieblas, la sombra de los cielos pacíficos hacía profundidades misteriosas.

Allá, tras un biombo, donde un Gobelino antiguo diseñaba un hemiciclo de canéforas, como hecho para un Decamerón, una lenta procesión de vírgenes linearías, como pintadas por Burnes Jones; a la sombra de grandes cortinajes orientales, donde grandes macetas de lirios blancos daban su perfume, como pebeteros de ámbar sobre vasos etruscos; en el sofá, donde pájaros acuáticos meditaban, entre juncos y nenúfares, sobre un fondo crema pálido, como un jirón de cielo rosaté, Adaljisa y Hugo platicaban, en la desolación suprema de la hora...

La sombra se extendía reverente, en torno al ídolo, rodeado de Misterio.

Los últimos rayes de la luz habían quedado como prisioneros, sobre aquella cabeza nimbada, fingiendo como flores astrales, en esa cabellera de crepúsculo, en el oro vivo de esos cabellos, donde el Amado hundía sus labios, como en una fuente luminosa, llena de irradiaciones metálicas de incendio, sobre la cual, los besos voloteaban, como enjambres de abejas ignescentes, tropel de mariposas incendiadas.

Y, prosternado ante el ídolo, se extasiaba en el miraje de la carne adorada, huerto cerrado, desde cuya verja, toda una floridez de sueños carnales, promesas de divinas realizaciones, se extendían como un florestal de corolas cerradas, prontas a abrirse al contacto del beso iniciador.

Como ante un reposorio de Madona, sus deseos estaban en plegaria, delante de aquella flor de Tabernáculo...

Y llovían los besos y los pétalos, como en fiesta de abejas y corolas, y velaba el silencio pudoroso, el ópalo muriente de los cielos.

Y sonaba en la sombra del crepúsculo el diálogo vibrante de su Amor.

—Oh, dime tu Poema, Amado mío; el último que has hecho para mí.

—Oye pues el Poema, ¡oh Bien Amada! el Poema que he hecho para Ti.

Y, en el silencio de la estancia, su voz modulada y grave, haciendo de su prosa un himno, recitó la sinfonía otoñal de su Poema que él llamaba: Balada del Deseo.

En el Mar de lo Infinito, boga y llega el Mensajero, el bajel que trae la noche...

tenebroso como un muerto, lentamente va avanzando con sus velas de Misterio.

el bajel que trae la Noche. ¡Tenebroso como un muerto!

¡oh, las tardes del Otoño, precursoras del Invierno, cómo brillan, copio cantan, en un ritmo de colores, en los mares y en los cielos, ¡oh, las tardes del Otoño, las auroras del Invierno!

ya el Crepúsculo se muere en la Sombra y el Silencio.

¡oh, la muerte del Crepúsculo, el Poeta del Ensueño!

ya se besan en la sombra, en divino Epitalamio, las estrellas soñadoras y los pálidos geranios, cuyos pétalos muy tristes, van cayendo lentamente, como sueños que se mueren, en su nítida blancura.

¡oh, los sueños de las flores! ¡oh, la muerte de los sueños!

a la luz del Plenilunio, albas rosas de la Tarde van abriéndose como almas que escucharan en su angustia, el coloquio formidable de la Sombra y el Misterio.

¡oh, las rosas de la Tarde! ¡oh, las rosas del Silencio!

¡oh, la Amada de mi vida! ¡oh, la Aviada de mis sueños! ¡Ilumina este crepúsculo con la lumbre de tus besos, que son astros!... y el perfume de tus labios caiga en mi alma como un bálsamo de ventura y de sosiego.

¡oh, la Amada! ¡oh, Bien Amada! ven, reclina tu cabeza, tu cabeza triste y blonda como el halo de una estrella; ven, reclínala en mi pecho.

¡tu cabeza perfumada por los místicos ensueños! ¡oh, tu pálida cabeza! ¡oh, mi reina, coronada con las rosas entreabiertas en praderas ignoradas y en silencio de las selvas que te guardan su perpetua primavera, de las selvas donde viven mis ensueños de Poeta!

Tu cabeza con un nimbo de jazmines y violetas.

que me toque la caricia de tus grandes ojos tiernos, algas verdes, que se mecen en los mares muy remotos de la Gloria y del Ensueño.

que me toquen con sus alas tus libélulas de fuego.

¡oh, los ojos de mi Amada, misteriosos y serenos; playas tristes, donde mueren las oleadas del Deseo!

que los lirios de tus manos, cual capullos entreabiertos; como brisas perfumadas, como rayos de un lucero, se deslicen en la selva autumnal de mis cabellos, y serenen mis pasiones tempestuosas y soberbias, y dominen la implacable rebeldía de mi cerebro.

mi cerebro que es tu Ara; mi cerebro que es tu Templo; mi cerebro, donde imperas tú, mi Diosa, entre la mirra que te queman mis pasiones, y los cirios del Deseo, y mis himnos amorosos, y el perfume que te brindan las corolas de mis versos.

y una flor que se abre augusta, con sus pétalos soberbios, una flor en holocausto ante Ti: Mi Pensamiento;

¡oh, los lirios de tus manos, domadoras del Deseo! ¡oh, los cirios de mi templo y las rosas de mis versos!

Por las flores del Crepúsculo; por las rosas del Silencio; por las algas de tus ojos; por las frondas de tus besos; ven, reclina tu cabeza en las sombras de mi pecho.

¡Bien Amada! ¡Bien Armada! ven, te esperan ya mis besos, que revientan como flores, en las frondas del Silencio.

¡Bien Amada! ¡Bien Amada! ven, responde a mi deseo; ven, unamos nuestros labios en un beso que sea eterno...

ven y unamos nuestros cuerpos cual dos llamas de un incendio ...

¡ven, mi amada, que es la hora!

¡ven, mi Aviada, que es aún tiempo!

¿tú no sientes cómo pasa la caricia del momento?

¡Ven y amemos! Aun es hora.

ya declina en el silencio con la tarde nuestra vida.

ven y amemos, que aun es tiempo; aun hay flores en el bosque; aun hay luces en el cielo; aun hay sangre en nuestras venas y palpitan nuestros besos...

son las tardes del Otoño, precursoras del Invierno... ven, tus ojos agonizan en las ansias del Deseo;

aprisione yo tus manos, y tus labios, y tus senos,

y te brinden sus perfumes las corolas de mis versos.

es la hora del Crepúsculo. Todo se hunde en el silencio, es la tarde en nuestras almas; y la noche avanza presto. nuestras vidas ya se pierden en los valles del Misterio, aun dibuja la ventura un miraje en nuestro cielo, es la hora de la muerte o la hora de los besos.

....

Ven y unamos nuestras bocas en un beso que sea eterno. Ven y unamos nuestros cuerpos, cual dos llamas de un incendio.

....

Ada alzó la cabeza, prisionera en la cadena de brazos del Amado. —¡Oh, piedad!, murmuró, cuasi vencida, apartando la mano violadora. Y él de rodillas le imploraba quedo. —Piedad para mi amor ¡oh mi Adorado! Ten piedad de los dos, ¡oh, mi Poeta! Temblaba en su blancura de azucena, pálida bajo las alas del Encanto. Y sonaban en su oído alucinado los fragmentos del Poema. Y le decían:

Ven y reposa tu cabeza blonda sobre mi ardiente pecho de Poeta.

Ven y reposa tu cabeza blonda, como una mariposa en una flor.

y que me bese de tus ojos verdes la caricia profunda y tentadora.

¡oh, la caricia de tus ojos verdes, la caricia furtiva de la ola!

deja que estreche los capullos blancos de tus pálidas manos de azahar.

y deja que en el lirio de tu rostro la sombra de mis labios se proyecte.

y que caigan mis besos en tus labios como el nido de un pájaro en el mar.

que me bañe la Gloria del Crepúsculo que irradia tu opulenta cabellera.

y deja que a tu paso, amada mía, deshoje como pétalos mis versos.

deja que te aprisione entre mis brazos, y deja que te cubra con mis besos...

Antes de que se pierdan nuestras almas en las densas penumbras del Olvido...

Despertada por la presión formidable del cuerpo de su amigo, Ada se puso de pie. —Oh, no, no, murmuró angustiada y rechazándolo con fuerza. Su palidez de lirio brillaba en la penumbra.

—Ada —murmuró él, con una voz de naufragio, salida de lo más hondo del deseo.

—Las rosas se respiran, no se comen, ¡oh, mi Amado!

—Pero hay rosas sagradas, hay rosas del altar.

—Las rosas del Otoño se mueren muy aprisa. Ya estamos en Otoño, Invierno viene ya, dijo, y fue hacia la Adorada.

Ella movió el manubrio de la luz eléctrica, y al iluminarse la estancia, apareció de pie en su palidez lilial, como una azucena mística en el fondo de un altar iluminado.

¡Augusta Vencedora de la Carne!

¡Domadora triunfal de los deseos!

él, a sus pies, aun murmuraba quedo:

—¡Oh, las pálidas rosas del Otoño! ¡oh, la pálida lumbre vesperal!

Y, ante aquella llamada del Olvido y de la Muerte, ella sintió la angustia renacer en su corazón, temió por el Amor de aquel hombre, burlado en su deseo, y vino hacia él, y lo besó en la frente.

—¡Oh, mi Amor! ¡oh, mi Poeta! una tregua, una tregua, nada más, dijo, besándolo en los labios.

Él la rechazó de sí, no le devolvió aquel beso, no estrechó sus manos, no respondió a su adiós, no la miró siquiera.

¡Quedó allí vencido, rencoroso y triste!

l'amour ne fait-il done que des malheureux?

Y ella partió, abatida, humillada, bajo aquel desprecio del Amado, mientras los cantos del Poema extraño rumoreaban en su alma vencedora, algo como el Excelsior de la Vida.

¡Victoria estéril, a la cual respondían en su corazón como voces de agonizantes, las palabras de la Admonición tremenda!:

es la hora del Crepúsculo. Todo se hunde en el Silencio; es la tarde en nuestras almas, y la noche avanza presto; nuestras vidas ya se pierden en los valles del Misterio; es la hora de la muerte, o la hora de los besos.

Y se abrían ante ella como rosas, y fulgían en su alma como estrellas, los cantos exultantes del Amado, las frases ardorosas del Poema.

visiones pavorosas y grito de ambición...

Y he ahí que los días trágicos han llegado, los días de la desolación y de la ruina;

he aquí que los tiempos tristes han venido;

he ahí los días de la cólera santa, que causaban el pavor de los grandes visionarios;

he aquí llegada la hora que anunciaron los profetas, muertos al dar la última vuelta en torno a la muralla;

y el muro vacila y cae, y llegan de la sombra los vengadores de las cóleras ocultas;

Parece que el rayo se agitara encadenado en las manos de Dios en el espacio, pronto a caer sobre un mundo en ignición,

e incendiar las entrañas del planeta, larva enloquecida, en el torbellino de los mundos siderales...

Dios acaricia el rayo final: brutam fulminen.

y se diría que los videntes, los últimos locos visionarios, los descendientes del Soñador de Éfeso, esperan estupefactos, ver surgir en el espacio, las estrellas coléricas, dementes, los astros vengadores, los carros fúlgidos con rodajes de pupilas humanas, los menstruos alados poliformes, los caballeros de Apocalipsis, venidos para herir el corazón del Sol con sus espadas, y sobre el cadáver de ese sol, arrojar las cenizas de este globo infinitesimal, hecho fragmentos...

La alucinación de Paros y el delirio de Patmos priman sobre el mundo.

Y se diría llegado el día:

oú la Terre étonnée portait comme un fardeau l' écroulement des cieux.

¡El crepúsculo de los mundos!

la hora siniestra en el cuadrante trágico;

la gran madre Agonía, generatriz de la palabra enigma Muerte;

y el soplo del Pavor, y el Verbo extinto, vagando en el vacío de la esperanza;

la hora antípoda del Fiat lux;

el Verbo que mata y no el que crea;

la Omega de aquel Alfa formidable, cerrando el Alfabeto de los siglos;

el gran sello del Hacedor, con la palabra: Fue, sobre los mundos;

y el diálogo profético, entre el Diluvio y el Caos, que se disputan el Planeta, y se le arrojan uno a otro como jirones de un sudario polvoriento...

y el mundo, como una urna en el mar, con un cadáver putrefacto en las entrañas, oscilando entre las olas que lo rechazan, las nubes que lo escupen, las costas de la Nada, que no quieren recibirlo...

la nube invasora del Caos, bajando negra, la onda silenciosa del Averno, subiendo pálida y la conjunción formidable, pronta a hacerse en el intersticio lívido de esas dos alas de la muerte, donde agoniza la vida, como una luciérnaga expirante en la última partícula de luz.

sobre los altares, huérfanos de la silueta del blondo Nazareno, el Becerro de Oro, Baalth, alza su torso áureo y sus pezuñas de bestia;

¡ya no hay mirra, ni cirios, ni azucenas!

los versículos de Esdras pasan como aves.1 ciegas, por sobre los templos en ruinas;

de la cruz solitaria, pende un harapo; el cadáver de la Fe;

los humildes se han hecho rabiosos, y como chacales hambrientos, han tumbado a dentelladas el árbol do la cruz, y han devorado el cadáver de aquel que había sido la esperanza y el Amor;

el mundo moral se sumerge, como una isla en las soledades del mar;

las ondas llevan como maderos secos los pueblos desaparecidos, ¿a dónde?

la ola silenciosa de la muerte baja de las alturas y sube de los llanos. Un olor de cadáver llena el mundo;

lúgubres avalanchas de desesperación pasan por sobre el espíritu de los pueblos en duelo, y las pasiones más viles, como larvas venenosas, devoran en silencio las almas solitarias;

el odio de la Vida mata al mundo; la humanidad aborrece la fecundidad: el lecho del Amor se hace estéril.

la madre, la forma divina de la carne, tiende a desaparecer;

los senos de la hembra son ya para la caricia de los machos, no para el labio sitibundo del infante;

Venus asesina a Cibeles, y desgarra su vientre productor;

Malthus triunfa.

La sed de la desaparición y de la muerte agobia a los hombres, en la noche de su desesperanza;

el alma humana se borra, y una larva gigantesca sale del seno de los abismos irritados;

la sombra se disuelve en horror, y borra los contornos de la Vida;

las águilas desdeñosas no quieren ya esta presa nauseabunda;

y, faltos de ser devorados, los hombres se devoran entre sí.

Nulla es Redemptio.

El Salvador no viene; su silueta luminosa no pasa ya, iluminando las llanuras, a la hora del crepúsculo, como en el suave esplendor de las tardes galileas;

ya no se le espera a la orilla de los caminos solitarios; ya no se cree verlo pasar blanco y triste, como un rayo de luna, por entre los trigales reverentes, y los campos de rosas en botón.

Murió el Iniciador.

ya pasó el reinado de aquel cuya espada se llamaba amor, y cuyo grito de guerra era: piedad;

la sombra extraordinaria del Profeta, ya no extiende su mano sobre el Universo, como una visión de Paz. Ya no ilumina la Tierra con su triste mirada pensativa.

Pasó el Anunciador.

ya se borró para siempre la figura mística y blonda, se esfumó como una nube de candidez inefable, en la cima lúcida de un nuevo Tabor. Desapareció su frente melancólica hundiéndose en los cielos, sus pies desnudos apoyados sobre un campo de lirios en rocío.

y el ojo misterioso de los videntes no traspasa la muralla formidable donde el Destino guarda el Enigma;

los exegetas palidecen sobre sus libros abiertos, sin ver de dónde viene, ni adivinar a dónde va esa onda lúgubre y fría, que sube, y sube, y amenaza llegar a las más altas cimas, ahogar el mundo en su caricia helada;

La conciencia humana sufre un eclipse. Dios ha muerto en las almas;

y el Mito, al desaparecer en las convulsiones de un dragón herido, tocándola con la punta de sus alas, desorbitó la tierra;

y hubo la sombra;

en el horizonte de las almas aquel nombre era un Sol;

y los templos y los espíritus sin dioses producen en su soledad, un olor de tumba.

Cuando Pan, el gran dios, desapareció tras la soledad de los mares de Sicilia, saludado por el himno de los marineros, como un sol que se hunde en el Ocaso, otro dios, triste, se alzaba como una estrella, tras las colinas de Judea, al rumor de los gritos de la Plebe, como un astro que sube hacia el

Oriente;

¡y, hoy, este dios desaparece, y el otro no se anuncia! ¿Esterilizada quedó la matriz genitora de los mitos?

estéril como el desierto en cuya vecindad puso la cuna de su última criatura;

y el Derecho ha desaparecido con el Símbolo;

la Fe y la Libertad, las dos rivales, han hecho bancarrota al mismo tiempo;

El Derecho ha sido engullido por misteriosos Faraones;

La Libertad ha sido asesinada por los pueblos, después de haber sido violada por los reyes. Su cadáver ha sido profanado. La plebe anárquica le ha hecho sufrir los últimos ultrajes;

como no se ve de qué lado está el Derecho, no se sabe de qué lado está el crimen;

los reyes y los pueblos igual mente culpables se miran y se desprecian, se acusan y se matan.

Imperios sin grandeza, democracias sin virtudes, devorándole entre sí, como en lucha de serpientes en un pantano de Escitia;

y algo más triste: un aprisco de pueblos, temblando ante el puñal del vandalismo, salido de su seno tempestuoso;

todo vacila, todo se hunde, bajo este viento de Dolor y de Miseria.

Y, en esta extraña noche, la Vida se abre sobre el mundo como una cicatriz sangrienta.

Así meditaba Hugo Vial, ante el espectáculo desolador de la época en que le había tocado vivir; época de ofrendas banales, perturbadoras y trágicas; pequeña, aun en el esfuerzo de su brutalidad aplastadora...

Hora roja, hora sombría de la Historia, en que el Anarquismo, como un astro lívido de Apocalipsis, se alza en el horizonte, como para iluminar la agonía de un mundo, irredimible, condenado ya, por la boca muda de lo Eterno.

A la claridad brutal de ese sol de sangre, la Bestia Multitud ruge en el fango, y las alturas tiemblan...

El Mundo, de acusado se ha hecho acusador, y pide razón a Dios de su reinado.

¡Hora de confusión! ¡Hora de Caos!

Y el orgullo ciego, arriba; la cólera sorda, abajo;

lo que era servil haciéndose vil;

lo que era inservible haciéndose terrible;

el esclavo cumpliendo el trágico periplo; precipitándose de la esclavitud en el crimen, del ergástulo al cadalso;

el idiotismo haciéndose demencia;

la Esperanza haciéndose la Venganza;

lo que era Poder haciéndose insurrección;

la oscilación haciéndose cataclismo; el delirio haciéndose orgasmo;

los abismos tocados de locura, ganando las cimas heridas de la demencia;

el crimen haciéndose mártir; la embriaguez, apellidándose Redención.

Espartaco degenerado en Luchessi;

la plebe insumisa, emigrando con sus ídolos, como una tribu bárbara, fuera de la Libertad, fuera del Derecho, fuera de la Civilización, hacia un soñado y quimérico Canaán de Reivindicación y de Justicia, hacia un miraje sangriento, alzado en el desierto, por la histeria tenebrosa de soñadores pérfidos;

la insensatez soplando sobre el cerebro del mundo, impulsándolo en siniestra orientación a la catástrofe ...

el torbellino rodando en la ceguedad confusa de la Noche.

El Misterio y el Hombre contemplándose; lo Inescrutable frente a lo Indomable.

Se explicaba en su criterio de pensador sereno, el fenómeno de psicología colectiva que se efectuaba a su vista; la enfermedad tenebrosa que invadía el alma ondeante y fúlgida de la Multitud.

Él sabía del misterio indescifrado de las turbas, y no equivocaba la diagnosis de esas muchedumbres en delirio.

La epidemia psíquica, con sus causas y sus fenómenos, la fuerza misteriosa, que duerme en el alma de las multitudes y se despierta al grito del contagio, le explicaban la psicología de la hora dolorosa que vivía el mundo.

Y veía, sereno, cumplirse la inflexible ley de una dinámica social aterradora.

Despreciaba mucho el crimen de su época, que le parecía el suicidio de una selva de monos, el delito de un orangután en cólera.

Había leído en un extraño libro de Obolensky, Rouskaria Mysl, uno de esos fascículos de Evangelio y de pasión, que el alma viril y mística de Rusia arroja sobre el mundo transcaucásico, la comprobación de la irredención del hombre como animal carnicero, la persistencia y el predominio del bruto en el hombre colectivo; la supervivencia indestructible del asesino en él; el fenómeno de regresión de las masas sociales a los instintos bestiales; el atavismo inflexible del primato destructor; el imperio de la raza; el poder de la casta, sanguinario y brutal.

Todas las teorías de Tarde, de Mantegazza, de Scipio Sighele, de Güimplowitz, sobre el crimen de las sectas y sobre la teoría psicosociológica; todos los esfuerzos de los criminalistas, antropólogos, por explicar o atenuar los crímenes sombríos de las clases irredentas, no alcanzaban a desarmar su odio y su desprecio por esa turba canallesca de asesinos, por esa secta estúpida y brutal, que proclama la adoración del instinto, y el reinado de la fuerza anónima, la venganza miseranda analfabeta, la omnipotencia de la muerte, y convertida en un dominador más despreciable que los otros, tiene al mundo tembloroso, de rodillas ante un puñal.

¡El mismo sueño que perturbó la mente del bruto en la noche de sus cuevas ancestrales!

¡Desperezos de la Bestia domadora y asesina!

¡El sueño de la conquista y de la muerte! Él sentía un desprecio profundo por todos los hombres de la fuerza. Asesinos con púrpura o asesinos con harapos, conquistadores o vengadores; bandidos coronados o bandidos maniatados; Napoleón o Vaillant; los que han muerto sobre un trono o los que han muerto sobre un cadalso; todos estos trágicos soñadores de la fuerza, estos símbolos de la muerte, le eran igualmente despreciables y odiosos. Y, así su alto espíritu permanecía indiferente, desdeñoso, ante esas explosiones del crimen; erguido ante el paso de esos flageles vencedores. Y del cataclismo actual ¿qué podía importarle si no tocaba siquiera la orla de sus sueños? el anarquismo ¿que tenía que ver con él? no era rey ni príncipe siquiera: las bombas de la plebe no le amenazaban. El hambre de los trabajadores, la miseria de los desheredados... ¿y qué? ¿es que los miserables sabían algo de los inmensos dolores de él, de sus luchas internas, de su hambre insaciable del Ideal, de su sed infinita de belleza y de gloria? ¿qué debía importarle a él la suerte política del mundo, fuera de las regiones abruptas, donde a la Naturaleza le había placido hacerlo nacer, y donde las leyes bárbaras de los hombres, haciéndole ciudadano, encadenaban su ambición, limitando sus sueños a un horizonte de montañas ignoradas? ¿qué podía importarle la suerte de una parte del mundo que no era para él? que sufriera o desapareciera, que revistiera formas extrañas de gobierno o de dolor, que fuera oprimido o libre ¿qué le importaba un escenario que otros y no él habían de llenar con su presencia? Para la noble ambición desmesurada, lo que no sirve no vive. La patria misma, esa entelechia abrumadora, cuando no llega a dominarse, no pasa de ser una circunscripción geográfica, egoísta y cruel, una región hostil al genio, una barrera de odios y miserias ... Así, un mundo que no había de servir a su ambición, no era su mundo; lo que no vivía para él, no vivía en él; el mundo terminaba en las fronteras de sus sueños ambiciosos; el resto, que sufriera ¿qué le importaba? que desapareciera ¿qué perdía? ni una lágrima habría dado por ese mundo; su muerte lo habría dejado tranquilo, como su infortunio. En su egoísmo olímpico, aislado en la torre de marfil de su soberbia ¿qué le importaba todo lo que caía, moría o se hundía bajo sus pies si no había de ser pedestal suyo?

Para él, el mundo era él, y más allá de su ambición, el desierto de las almas...

La Ambición, he ahí el alma, el objeto, la medula de su vida.

y ella abría dentro de él, sobre él, al frente de él, sus alas desmesuradas, y lo llenaban todo;

de todas sus pasiones, era la única que vivía con vida poderosa, inextinguible; había domado el Amor, desdeñaba la riqueza; la Gloria, era una querida demasiado dócil, que lo hastiaba

Era hacia la Autoridad que volvía sus ojos dominadores;

todos sus sueños hoscos se cernían sobre su pueblo, como una bandada de buitres sobre un aprisco.

la Autoridad es el último amor de las almas superiores;

es la ardiente Sulamita, que calienta el lecho real, ya vacío para el Amor;

el desdén se diluye en esta aspiración acre y violenta hacia el dominio, el desprecio se hace cólera, y el Dominador, el deseado, se alza, surge de la misma crisálida rota, donde ha muerto el Soñador, el pobre soñador desencantado ...

el bramido bestial de la multitud en cólera, es el único rumor capaz de halagar el alma y los oídos del fuerte, del hombre superior, nacido para ser el Domador, de ese monstruo somnoliento.

La Anunciación viene a las grandes almas, en la hora suprema del dolor.

Cuando todo cae, todo vacila, todo se hunde, y el alma misma de la Patria va a morir, y tendidos los brazos al cielo pide un Salvador, un Salvador...

el gran Anunciador, el arcángel con las alas de sueños, baja a la roca agreste, donde medita el solitario, absorto ante el desastre, y mostrándole el campo en ruinas, le murmura: Tu es ille vir. Tu es ille vir. Tú eres ese hombre... y le muestra con su espada de fuego el camino augural de la Victoria.

Al contacto de ese sueño, su Ambición se diluía en cólera, en una cólera voluptuosa y tiberiana, y a la visión de las manos tendidas para aplaudirlo, tendía él la suya, pálida y fría, como buscando la garganta de la Bestia para estrangularla...

Había ya incubado bastante el sueño de la Acción, debía principiar para él: la acción del Sueño.

La victoria del Esfuerzo sería suya.

Vibraba en su alma el himno del combate.

Iba hacia la multitud, como un tigre hacia el rebaño.

Su culto estéril y ardiente por la libertad se había convertido, después de sus grandes desilusiones, en la cólera santa de un asceta, que perdiera la fe en su Dios, después de haberle consagrado su vida toda.

El yugo dogmático del Principio se había roto en él.

Y su sueño se había condensado en esta fórmula: dominar Vara libertar.

Iba hacia su sueño, como un león hacia su presa.

Sólo hay un hombre capaz de dar la libertad, aquel que ha sabido conquistarla para sí. Él había concentrado en sí toda la libertad, y podía darla, ¿darla? no: imponerla.

No tenía el alma bastante simple, para entregarse a la multitud en holocausto;

la boca de la muchedumbre no era bastante para darle su corazón a devorar.

Llegar por la Autoridad a la Libertad: tal era su Ideal.

Ser el libertador, después de haber sido el dominador.

Y empezaban a llegar a él voces lejanas y fuertes...

El olvidado comenzaba a ser deseado; el perseguido comenzaba a ser comprendido.

El solitario que había visto correr en el olvido del dolor los largos lustros pitagóricos de que habla Èmerson, veía llegar hasta él ondas rumorosas de admiración y de recuerdos.

Vientos de frondas florecidas venían hasta el desierto de la Esfinge.

Y el pensador miraba inquieto ese vertiginoso movimiento de la rosa náutica del día.

—Todo llega, todo pasa, decía él, todo es triste. ¡Oh dolor de la nada de la vida!

Y las voces continuaban en llegar, exultantes y sonoras, llamando a la acción el grande espíritu, que había sembrado el germen de sus sueños redentores en los cerebros aptos para la fecundación prodigiosa del Bien.

Todos los que habían bebido en la onda luminosa y ardiente de su prosa evangelizadora y viril, se volvían hacia él, diciendo:

—¡Maestro! henos aquí. Somos los seducidos de tu genio.

Todos los que habían aprendido en la tempestad de su cólera y en la noche negra de sus odios santos, a aborrecer los conculcadores del Derecho, le gritaban:

—¡Maestro! henos aquí. Somos los legionarios de tu Verbo.

Todos los que habían seguido, trémulos de admiración y de respeto, su vida nómada y augusta, llena de combates y dolores, le decían:

—¡Maestro! ¡henos aquí! Somos el coro de los fuertes, formados por la fortaleza de tu Virtud.

Y todos le decían:

—¡Maestro! henos aquí. Por ti creemos en la belleza, en la Libertad y en el Bien. ¡Maestro! por ti creemos.

Y aquellos corazones juveniles, que se abrían a su paso como flores, aquellos brazos que se tendían hacia él, como oriflamas de fuego, aquellas voces que lo llamaban, como rumor de olas poderosas y llenas de misterio, lo atraían y le imponían. Sentía la responsabilidad de las cosas decisivas.

Y ansiaba volar hacia la acción, hacia las grandes realizaciones de sus sueños expectantes.

¡Partir! Ir a la lucha, ¿no era eso lo único digno de su gloria y de su nombre?

En el desastre completo de todas sus ilusiones, ¿no era esa la única vía de Esperanza, el único camino hacia la Vida?

Desesperanzado, triste, ante ese escollo en que se estrellaba su pasión carnal, partir era la solución definitiva, la única salvadora, para acabar con esa simiente de prama, que empezaba a desarrollarse en el seno de su vida.

Él odiaba los amores que se hacían dramáticos, y las complicaciones sentimentales le daban un horror invencible, una inquietud colérica y rencorosa.

Si la condesa era inaccesible ¿a qué continuar la ascensión hacia ella?

Si su corazón de él era incapaz de un amor sentimental y puro, ¿a qué continuar en esa intriga romántica, que repugnaba a la lealtad de su carácter?

La condesa lo amaba con una de esas pasiones que tienen sello de fatalidad y de tragedia. Eso le daba miedo y piedad.

Irma lo odiaba con uno de esos odios inocentes, que son uno como presentimiento del mal.

¿No debía devolver la paz a esas dos pobres almas, perturbadas por él?

Para Ada, la paz era la muerte. Él lo comprendía, y retrocedía ante aquel crimen inútil.

¡Oh! aquella pobre mujer, aquella alma de pureza y de fe, aquel corazón de sacrificio, que había llegado tarde al jardín encantado de la pasión, llenándolo de llamadas desesperadas a la Vida y al Amor fugitivos,

tendiendo las alas hacia la idealidad de un sueño imposible en su castidad; aquella alma tierna, sumida en una hipnosis divina, que había condensado su vida en este amor, formado de todas las nostalgias de la esterilidad anterior de su corazón, no sobreviviría a esta brusca caída en el abismo insondable de una realidad desoladora.

él amaba aquella mujer, la amaba con la única forma de Amor posible a su cerebro: el deseo. Única luz que podía alumbrar un ídolo, en el silencio mortal de su corazón. no sentía el triste valor de asesinarla.

Sin embargo, después de aquella escena violenta en que él había quedado ofendido, ardiente de deseos, y la había dejado partir sin perdonarla, sentía la necesidad de acabar aquellas relaciones que no conducían a nada, que desviaban y debilitaban sus energías, y perturbaban horriblemente sus nervios y su cerebro.

No imploraría más.

Todo sería acabado.

Sería otro sueño vivido; algo muerto que rodaría otra vez sobre su corazón, sobre su pobre corazón amortajado.

Y, después que hubo escrito y enviado a la condesa la carta dogmática y fría, insensible e hiriente, como la hoja de un puñal, sintió que algo lloraba en su corazón y gritaba en sus entrañas!

la voluptuosidad que deja de ser un suplicio ¿es la voluptuosidad?

Sólo aquel que la ha creado con el mundo puede saberlo.

Y, como si hubiese abierto una puerta sobre el abismo, la realidad hizo irrupción en las sombras de su alma.

corolas venenosas y pájaros salvajes.

Aquello no podía continuar.

El anónimo diario llegaba como la flecha de un salvaje, incógnito y venenoso, a herir el pecho sagrado.

Y Ada temblaba, bajo aquella nube de dardos, asesinada, como el San Sebastián de Güercino.

Hugo comprendía bien de dónde venían. Sabía que era Leda Nolly, la cantante despechada, quien los enviaba, y resolvió ir a hablarle para hacer de cualquier modo cesar aquel escándalo.

La bondad o el temor; tentaría todos los medios, para evitar a Ada aquel ultraje diario.

Antes de partir, si debía partir, antes de volver, si debía volver, era necesario hacer cesar aquella infame.

Y fue al teatro, donde cantaba Leda.

Cuando Hugo Vial le fue anunciado, la cantante había acabado su representación de esa noche, el repertorio de sus canciones picantes, que recitaba con voz un poco nasal, sus ojos de una candidez mentirosa, y ciertas entonaciones, cierto acento de una intensa perversidad de pilluelo corrompido, que habían hecho su celebridad en Nápoles y Sicilia, y hacían hoy el encanto de los viejos verdes y de los jóvenes eróticos, asiduos concurrentes del Olimpia, en Roma.

La rival de Ivette Gilber, como gustaba ella hacerse llamar por los cronistas sandios y los revisteros insustanciales, hacía, o deshacía, en ese momento, su toilette, con esa inquietud febril, esa violencia rara, que caracterizaba todos sus actos, y que en su sed de imitación cabotinesca, ella llamaba su temperamento, para buscar en sus excentricidades de partiquina, algún símil con Sarah Bernhard.

La estrella de Café Concierto, nadaba verdaderamente en un mar de tules y de encajes, constelado de cintas y potes de pintura, de esencias y de aromas, contenidos en frascos de baccarat, y flores tiernas, que agonizaban en una agonía lenta de vírgenes cautivas.

De toda aquella onda de indumentaria, de gasas, de cristales y de pétalos, se alzaban perfumes caprichosos, mezclándose con el olor de carne joven, que se exhalaba de los trajes de la artista, humedecidos por el sudor de dos horas de danzas y saludos, y el hálito penetrante de las flores, que, prisioneras en grandes ramos, morían allí, testimonios de admiración, mandados por los hombres, para parecer en holocausto, ante esta otra flor de carne, esbelta y grácil, blanca como azucena del río, moviendo su talle con una suavidad de ritmo.

Sobre su cuerpo, que momentos antes blanqueaba y resplandecía desnudo en medio de tanta blancura, como una copia de Cypris Erótica, había arrojado un muy largo peinador de gasa verde, que sólo dejaba en descubierto su garganta, en la cual lucía esmeraldas maravillosas, como un collar de luciérnagas, prendidas al cuello de una Psiquis. Sus brazos se movían, liliales en su blancura, bajo el tul de dos mangas anchísimas, que le formaban como dos alas tenebrosas.

Así, de pie, blanca, en la verdura pálida de su traje, como hecho de espumas y de aguas, parecía una grande alga marina, alzándose en la cima de una peña, un extraño pájaro acuático, misterioso y bravío, un símbolo, un enigma de ondas y de luz.

Sus ojos de ámbar, movibles y profundos como el mar, llenos como él de perfidias y de monstruos, temibles en su serenidad desconcertante, se habían hecho como fúlgidos de cólera, al anuncio de la llegada de Hugo Vial.

Su cabeza serpentina, adornada de aigrettes multicolores, emergiendo altanera de aquella pedrería radiante y del fulgente viso de las sedas, le hacía parecer a un pavo real encolerizado y vano.

Avanzó un poco hacia la puerta, como un pájaro rencoroso, con las alas estremecidas, el ojo fijo, el pico purpúreo, presto a la crueldad, y esperó que Hugo Vial apareciese.

Éste entró severo en su traje de Soirée, irreprochable en su smocking, y en la blancura de la pechera inmaculada, emergiendo las dos perlas negras, talismánicas, que habían hecho siempre la fascinación y el sueño de la cantante.

Se inclinó ceremonioso, cuasi reverente, como ante una duquesa en una fiesta real.

Ella se puso recta ante él, y echó atrás su cabeza blonda, que centelleó a la luz, como si su cuerpo se hubiese abierto en flor maravillosa de oro.

–¿Tú aquí? mi querido, le dijo con voz velada, y una sonrisa cruel en sus labios desdeñosos.

–Me parece que soy yo, y creo que estoy aquí. Aunque viéndote tan bella, creería que soñaba, añadió, conociendo la vanidad de aquel pájaro de opereta.

–Gracias, murmuró la artista. Tu galantería tan trivial y tan cursi me demuestra lo que yo sé: que eres necio como todos los demás. Tienes talento para todo, menos para comprender que eres un estúpido como los otros. ¡Y te crees un hombre superior!..: Vete, vete de aquí. Tus galanterías y tus comedias me enojan. ¿Qué quieres de mí? ¿qué quieres?

–Verte, duquesina, dijo, y fijó en ella su mirada serena, indescifrable, dominadora como un encantamiento.

De aquella voz, de aquella mirada se desprendía uno como fluido extraño, que dominaba a su pesar, a aquel pájaro rebelde.

Y tembló ella ante la mirada del mágico dominador, como una Sortílega ante el conjuro de Exorcista.

—Yo no soy duquesina, dijo con aspecto de niña pronta a llorar.

—Para mí no serás nunca otra cosa, aun entre los aplausos que la canalla lasciva te prodiga.

—Moral, ¿eh? Gracias, querido. Tú sabes que yo no acepto prédicas ni tutelas.

—Que las aceptes o no, me es indiferente. Yo no te predico. No soy misionero. Tu redención me es indiferente. ¡Oh bella Magdalena! Yo no soy tu Cristo.

—¿Vienes a insultarme, entonces?

—Yo no insulto nunca a una mujer.

—¿Vienes a regañarme, papá?

—Tú sabes que él no lo hacía, y por eso eres así.

A ése recuerdo, como si la voluptuosidad de una caricia hubiese pasado sobre ella, la frente de la joven se entenebreció, y dos lágrimas se anunciaron, más que se vieron, en sus pupilas hechas tiernas.

No quiso llorar, y otra vez soberbia, alzó su cabeza serpentina, sobre cuyos alfileres en diadema brilló la luz eléctrica como sobre un campo de esmeraldas en fusión esplende el sol su lluvia de oro.

—¿Has venido, pues, a entristecerme?

—Tú sabes que yo detesto los portadores de tristezas a domicilio.

—¿A qué has venido entonces?

—Hija mía, a visitarte.

—Otra vez gracias, muchas gracias. ¿Estás hastiado del jamón condal, y quieres comer lo que has llamado en un libro tuyo: pez de escena, manjar de la dispepsia libertina? Esta vez, caro mío, a pesar de todo tu talento has perdido el tiro. Ser bestia una vez, es excusable, ¿quién no lo ha sido? el corazón es el culpable. Pero, ser bestia dos veces, es ser completamente bestia. Yo no lo soy. Regresa, hijo mío, regresa a casa de tu vieja beata, y sé feliz con ella. Es un poco, o mejor dicho, bastante arcaica, pero la Química, ¿tú sabes? un amigo mío dice que nosotras, las artistas, ganamos la vida, primero con la Física, y después con la Química. Mi querido búho, vuelve a tu ruina. Te agradezco la tentativa de predilección, pero no la acepto. Yo soy la Joven Italia, la Italia de los sueños de Mazzini. Soy Roma moderna, la Roma de Garibaldi. Y tú amas la Roma antigua, la Roma de los Tarquinos. Mi querido arqueólogo de Amor, anda a buscar otra columna antigua, un pilar de la Basílica Julia, en que saciar tu pasión de antigüedad. El Forum, para ti, será un harén. Ve, mi querido anticuario, hazte amigo del Comendador Otelli, y dedícate con él a descubrir la vieja Roma, y en una excavación cualquiera hallarás la momia de una Vestal, o una estatua de

Popea para saciar tu lujuria retrospectiva.

Y prorrumpió a reír, con una risa canallesca y nerviosa.

—No sabía yo que entre la canalla del cabotinaje y las gentes de coulisses, había sabios más arqueólogos que yo, que te han enseñado esa tirada de estupideces que has recitado con tanto énfasis. Te felicito, carísima, yo te haré una canción sobre ese tema: Cabotín Arqueólogo. Será divertido. ¡Bravo, Leda, bravo!...

Y, frío, inmutable, batió sus manos en señal de aplauso.

La cantante no se desconcertó.

—¿Sabes que me gustan los cabotines? repuso, ¿qué quieres? Son jóvenes, como yo. No participo de tus gustos. Las ruinas blasonadas me dan náuseas. Y a propósito ¿sabes quién está enamorado de mí? Tu socio, caro mío, tu socio.

—¿Socio de qué?

—Tu socio en amor, el Conde Larti.

—Basta, Leda, respeta ese nombre, que es el de una mujer honrada.

—Puf... dijo la artista, y prorrumpió a reír, estrepitosa, gozosamente.

Esta risa hizo mucho mal a Hugo, porque era sincera, y era alarmante en su sinceridad, cruel en su brutalidad profanadora.

—Te prohíbo que hables y te rías de ella así.

—Yo no tolero imposiciones sino a mis amantes, y tú no lo eres ya. Yo puedo reírme de la virtud de tu momia como de la estatua de Madame Lucrecia, de la Plaza San Marcos, y puedo ponerte a ti a la puerta, por atrevido y por cretino. ¡Ah! Y yo, que te había creído siempre hombre de talento... ¡qué engaño! Tenía admiración por ti, como hombre conocedor de las mujeres. Sabía que eras incapaz de amar; que no cortejabas un mes a una mujer que no pudieras seducir, te conocía como el ser más depravado en el amor bajo tu aire de gran Señor irreprochable. ¿Y ahora, bajo tu alma de sabio, salta un alma de niño?

¿Tu talento, tu ciencia, tu experiencia eran mentira? ¡Pobre caro mío! ¡qué desgracia! ¡Por andar entre las ruinas te has hecho una ruina también! ¡Poverino! Propalar la honradez de su querida... ", esa es la cima del chic galante. Hasta en tu decadencia te ha sido dado tener originalidad. El conde Larti se opondría por su propio honor a que tú proclamaras la virginidad de la condesa. Pero si ese ataque de cretinismo sentimental te continúa, terminarás por ahí, porque el ridículo es una pendiente. Pronto te harás el paladín de la juventud de tu vestal. ¡Coceo mío! dijo acariciando con la voz y con el gesto a Hugo. ¿Sabes qué edad tiene tu ídolo?

—No, ni quiero saberlo.

—Es prehistórica.

—¡Cállate!...

—Es como el Panteón, uno de los monumentos mejor conservados de la antigüedad, y uno de los más bellos en decrepitud.

44

–Que te calles.

–No me callaré sin decírtelo. Tiene cuarenta años, que para una mujer son cuarenta siglos. Y me lo ha dicho su marido que lo sabe bien.

Hugo no hablaba. La cólera lo cegaba. Tenía ganas de estrangular la vípera.

La cantante, implacable, continuó: '

–Yo la respeto mucho, ¿sabes cómo la llamo? el obelisco de Caracalla.

–Cállate, miserable, dijo él avanzando hacia la cancionista.

Ella, que conocía los arrebatos de aquel carácter, corrió hacia el timbre, como para llamar la camarera.

Él alcanzó a cogerla por un brazo, y con un ademán brutal la arrojó sobre el diván gritándole:

–No te muevas.

Leda no se movió. Sus ojos fosforescentes centelleaban, sin una lágrima.

Hugo la miraba, pálido de rabia.

El león y la sierpe se contemplaron.

Con voz velada, cuasi ronca, como estrangulada por la cólera, la artista dijo:

–Caro mío, nada de violencias, porque tú sabes bien que soy muy capaz de matarte. ¡Un diplomático, muerto en el Teatro en el cuarto de una actriz! ¡qué crónica para Roma, tan escasa de hechos sensacionales! ¡qué ganancias para los periódicos, que no tienen para contar al mundo, sino los catarros del Papa y los escándalos de la Cámara! Eso rompería la banalidad de las cuchilladas en las hosterías y de los suicidios en el Pincio. ¡Admirable! Pero antes de dar ese bout de cronique a la Tribuna y al Messaggero, óyeme: Yo detesto tu vieja y te detesto a ti. Yo me vengaré. ¿Tú sabes que me estoy haciendo morfinómana para ganar en el sueño unas horas de consuelo, y tienes la esperanza de verme pronto en un manicomio o en la tumba? Te equivocas. No enloqueceré o no me moriré sin vengarme. Tú me dijiste un día para insultarme, burlando mis delirios artísticos: tú no eres flor de arte, sino flor de locura; y criticando mis arrebatos místicos, me dijiste otro día: tú no eres lirio de claustro, sino flor melancólica de hospital, ¡cuida no te hagas sin quererlo adelfa de presidio o de cadalso! ¿Lo recuerdas?

Pues tu profecía ha de cumplirse: hija de alcohólico, entretengo mis atavismos embriagándome con morfina, en vez de alcohol y antes que ser flor melancólica de hospital, seré adelfa de presidio o de cadalso. Sí, porque yo iré hasta el crimen para vengarme.

No te mataré a ti, porque sé, que desprecias la vida, y sueñas con una muerte trágica, para librarte de la vulgaridad de una muerte lenta, en un lecho de dolor.

Pero a ella, ¡ah, a ella sí! Ella sabrá lo que cuesta jugar con mi ventura, dijo y sus ojos fulguraron, como los de una loba, con extraña luz de locura y de crimen. Y continuó luego, con una voz sombría:

—Estaba escrito que tú habías de ser mi salvador o mi fatalidad. Serás mi perdición, después de haber sido mi aspiración. Te encontré en mi camino como un Enigma, y tu palabra me fue simiente de mal y de dolor. Tu orgullo me sedujo. Tú no me has amado nunca, me lo dijiste así, cuando me debatía en tus brazos, cuasi violada, porque el fondo de tu alma es brutal y frío como una rosa. Halagaste mis histerismos, mis quimeras de adolescente, aplaudiste todas las negruras de mi alma, ayudaste a abrirse todas mis pasiones, y te inclinaste sobre mi alma con el interés malsano de un horticultor, que ve el desarrollo de una flor extraña, a quien ha inoculado gérmenes de muerte. Violaste mi alma antes de violar mi cuerpo. Me asesinaste moral-mente, antes de poseerme materialmente. ¡Asesino! ¿Por qué la justicia no te prohíbe el uso de la palabra, como prohíbe a los otros el uso del revólver y el puñal? ¿Es que la muerte de las almas nada vale? Tú eres un violador de espíritus, un asesino de conciencias, más monstruoso que Vacher y que Troppman. ¡Y vives! El mal dormía en mi alma, como la vida en el Caos, y tu espíritu pasó sobre él y le dijo: ¡sea! y el mal fue... Todos mis sueños de venganza y de pasión, tú los aplaudiste. Tú aprobaste todos mis delirios de ambición y de gloria, que hacían llorar a mi pobre madre. Un mes, no más, pasaste entonces por mi vida, y la envenenaste para siempre. Me impusiste el sello de tu perversidad y de tu orgullo. Tu garra de Satán, quedó impresa en mi corazón. Todas tus paradojas sonoras germinaron y se abrieron en mi cerebro como flores del Averno, y ausente tú, resplandecieron y vibraron, como la tempestad irremediable del Mal. Mi orgullo se modeló en tu orgullo, y mi maldad en tu maldad. Yo soy tu obra.

Él no respondía nada, encantado, deleitado, con el fuego de la requisitoria pueril que aquella pobre mujer creía formidable.

Y ella continuó:

—Cuando dejé mi casa, tú lo sabes, a quien busqué fue a ti. Fuiste generoso: no lo niego. Me protegiste sin amarme: lo sé. Yo sí te amaba: esa fue mi desgracia. Yo iba en peregrinación a tu corazón buscando una alma: tú no la has tenido nunca. Me impulsaste, me llevaste a las puertas de la celebridad, como un gran Señor désabusé lanza una corista en el mundo del teatro que él desprecia. A mi aparición en la escena romana, tú me aplaudiste, como todos, me cubriste de joyas, constelada de brillantes mi pobre cabeza loca, y de raras pedrerías mi seno cuasi virgen, porque no lo habían profanado otras manos que las tuyas. Yo era feliz. Yo te amaba. Tú y la gloria de mi teatro: esa era mi ventura. Y la rompiste con los pies. Me arrojaste en el vacío y en el vicio, al arrojarme de ti. Rompiste mi vida. ¿Por quién? por esa mujer. ¡Ah, cómo la detesto! ¡Yo me vengaré! ¿Ves ese pomo cincelado en plata que está allí cerca de mi abanico y mis guantes? es ácido nítrico. Lo llevo siempre conmigo para arrojarlo al rostro de tu cariátide, de tu vieja condesa, y hacerla monstruosa. Busca en esa bolsa, hallarás mi revólver. Yo la arderé o la mataré.

–Tú no harás eso, Leda, dijo él asustado ante el acento firme de la artista.

–Sí, lo haré, pero antes me ocupo de otra cosa. Y no estoy sola. El Conde de Larti aspira a darse el gusto de que yo sea su querida. Y como ese es un título simplemente honorario, lo seré.

¡Ah, los dos seremos formidables! Entre los dos daremos cuenta de tu vieja cocotte.

–Cállate, miserable, gritó él al ver insultada a la noble mujer.

–¿Sabes cuánto espera a tu honorable matrona? continuó Leda, impertérrita: tres años de presidio por adulterio, tres años de reclusión en el Buen Pastor, allá irá tu momia a purgar sus vicios con las otras prostitutas no blasonadas.

–¡Víbora, miserable! gritó él, tomándola por los puños y levantándola del sofá, para obligarla a ponerse de rodillas.

–¡Miserable! Di que mientes, pide perdón.

Ella dio un grito de pájaro herido y clavó sus dientes furiosamente en las manos que la sujetaban.

Él la botó sobre el tapiz, con un deseo infinito de acabarla a puntapiés.

Leda se estremecía, en una verdadera crisis de nervios, en uno de sus ataques epilépticos, tan comunes en ella.

Contorsionándose bajo el tul verde su traje, semejaba una serpiente de nieve, en un campo de oro. Uno de los alfileres del cabello habíase hundido en la carne, un tenue hilo de sangre corría por su rostro, como la venazón de un lirio, sus brazos emergían en luz de la tela, que caía como pétalos de una corola fatigada.

Lloraba sin sollozos, apretando sus dos pechos, cerrados los ojos, contraídos los labios insolentes.

Él sentía una verdadera sed de estrangularla.

Logró dominarse, y partió sin llamar a nadie, cerrando la puerta, con esperanza de que la fiera enjaulada se hiriera o se matara contra los muebles.

Al estar en la calle, advirtió que no había hablado nada de las cartas. La vergüenza y la soberbia le ahogaban.

Cuando entró en su coche, le parecía que todo vacilaba en torno suyo, y un grito de venganza y de tristeza subía de su corazón.

Tenía miedo, miedo por la alta y noble mujer a quien aquellas dos serpientes podían morder el seno inmaculado.

¡Ella arrastrada a los tribunales, al escándalo, a la prisión!... ¡Oh, no! ¡Jamás! Primero la mataría y se mataría.

La muerte antes que la deshonra. La muerte piadosa y casta. El gran sudario de tierra cubriendo sus cuerpos juntos. Las nupcias pavorosas de la nada. Así pensaba el fuerte...

¡Corazón cobarde, como el corazón de todos los hombres!

¡El corazón! ¿Es que se conoce acaso ese abismo de gloria y de lodo?

¡El corazón! ¿Es que se sacia nunca esa bestia nostálgica y soberbia?
¡Oh! ¡El corazón!
los cantos de la alondra, las garras del alción.

Después que el camarero lo hubo desvestido, y amortiguado la luz de la lámpara, tras la pantalla azul, Hugo Vial, cubierto por un pijama, se dejó caer sobre el sofá, y meditó con espanto en esta nueva complicación de su vida.

No había duda, el conde Larti trataba de hacerse el amigo de Leda Nolly, porque sabía que había sido la amiga de él. Trataba de descubrir sus secretos, de deslizarse de cualquier modo en su pasado, de preparar de cualquier manera su venganza.

¿Secretos? Leda no tenía ninguno suyo.

Tenía demasiado talento para ser sincero. Su carácter reservado lo libraba de estas asechanzas. Trataba al amigo de hoy como enemigo de mañana. Su alma se cerraba como una fortaleza al ojo del extraño.

Era impenetrable.

Era invulnerable a las infidencias porque no tenía la debilidad de las confidencias.

Pero temía por Ada. Veía con temor la liga de esos dos seres de perversidad, contra aquella alma de pureza y de bondad.

Sabía de todo lo que era capaz Leda, manejada y explotada por un malhechor brillante, como el conde Larti. Conocía todos los pensamientos que podían pasar por aquella cabeza de pájaro venenoso, conocía aquella alma violenta y ligera, los odios profundos, las excentricidades novelescas de aquella naturaleza degenerada, la maldad soberbia de aquel pavo real, con garganta de canario y furores de ave carnicera.

Y recordaba con horror cómo la había conocido, cómo se había ligado a este ser extraño y anormal, a quien no había amado nunca, el cual sólo le había proporcionado, fuera del goce de la pasión brutal, el goce aún más raro de ver el desarrollo de una neurosis, de un ser de degeneración, abrirse bajo sus ojos, como una gran flor de Arte, de Histeria y de Perversidad.

Hacía tres años de eso.

Era al principio de su estadía diplomática en Italia.

Había llegado a Palermo, enfermo, más sufriente del alma que del cuerpo. Fatigado del ruido del Hotel, de aquel vaivén cosmopolita, había aprovechado la indicación de una familia amiga para refugiarse en una Pensión, tenida por una dama de la nobleza Siciliana, venida a menos, como dicen allí, para indicar la clase innumerable de los nobles arruinados.

Allí encontró lo que deseaba: una seriedad irreprochable, una afabilidad exquisita, una quietud de gran familia solariega.

Sus compañeros allí, eran: un matrimonio polaco, viajero y místico; una baronesa alemana, dada a la telepatía, y dos ladys inglesas, no dadas a nada, porque a su respetable edad de setenta años, una virgen no puede darse sino a la Muerte.

La señora de la casa, austera y triste, como una plegaria de duelo, era uno como aforismo de Schopenhauer con enaguas, un funeral ambulante, una Misa de Réquiem a domicilio. Vestida rigurosamente de negro, envuelta en sus largos velos, con el inevitable medallón del marido al cuello, esa como sombra de la Emperatriz Eugenia, ese catafalco blasonado, pertenecía a la espantosa legión de Viudas profesionales cuyo lamento eterno y actitud de Hécubas desoladas, son la amenaza de los vivos y el ridículo de los muertos.

Fiel a los deberes de gran dama, extremaba el ceremonial, y no faltaba nunca de informar a sus clientes su alto origen y las catástrofes que la habían llevado a honrarlos con su hospedaje.

Oyendo su narración sentimental, infalible a la hora de la comida y recitada con la monotonía de un anagnosto, los eslavos meditaban sin duda en leyendas de viudas abnegadas, muertas en Siberia, mientras las missis, conmovida su sensibilidad británica, dejaban errar su mirada húmeda por los escudos rotos de los armarios, que apenas alcanzaban a divisar sus pupilas septuagenarias.

Y él reía interiormente, ante el ridículo incurable que distingue la humanidad, en todas las latitudes del globo.

En ese medio fanático, de tristeza y de duelo, crecía como una flor turbadora y rara, Hilda de Monacci, la hija única de la dueña de la casa y del noble caballero, último de los de ese nombre, que había muerto de congestión cerebral, después de haber vivido ebrio toda su vida y haber disipado la fortuna de su esposa en el juego y las mujeres, espécimen completo de uno de esos brutos cerebrales y sexuales, que la casualidad hace nacer sobre un blasón y morir sobre él, como un mono de orgasmo.

Hilda era bien la hija de un alcohólico, de un degenerado, con su belleza enigmática y salvaje, sus debilidades y sus violencias, su pobre alma perversa y débil, su carácter sombrío y enloquecido, su temperamento arrebatado e inconsciente, un ser de desgracia, un tipo de alma moderna, en la triste decadencia de una raza.

Alta, delgada, flébil, de una blancura tenue, que hacía pensar en las hostias y en las alas de los cisnes, en las palideces de la locura, en las del crimen y en las del vicio, en Medea, en Ofelia y en Margarita, aquella extraña virgen, alba de histeria y noche de una sangre, llevaba en su cuerpo puro, marcado Por la fatalidad, los elementos todos de lo bello y lo deforme, el ascetismo y el sensualismo, el de un caos moral con que amalgamar la sombra y la luz, el sacrificio y el crimen, en las fluctuaciones, en las debilidades de su temperamento, en las crisis trágicas de su espíritu, vecino de la insania.

La turbación, de la obscuridad de su alma, se reflejaba bien en sus grandes y bellos ojos grises de un color gris de Mar del Norte, de olas revueltas por la tormenta en playas escandinavas; tenían, como el mar, fluctuaciones, iluminaciones y palideces súbitas, a veces claros y bellos como una aurora, a veces obscuros, abismales, como los cráteres de los volcanes que la habían visto nacer, ojos voluptuosos y dementes, en cuyas pupilas fosforescentes y movibles vagaban, como sobre las olas, el alma invisible de la tempestad y de la Muerte.

Sus cabellos, de un blondo rojo, ponían sobre su nuca un reflejo sedeño, como el bello de la mazorca en maizales americanos.

Su boca delgada y pálida tenía un tic nervioso, que descomponía a la menor contrariedad sus líneas admirables.

Era majestuosa en la esbeltez de sus formas gráciles, severa en la expresión de su rostro trágico, imponente en la pureza de sus líneas, en las formas divinas de su cuerpo, cuya carne suave y ardiente parecía hecha con hojas de rosas y lavas del volcán, como si fuese del Etna.

Impulsiva, movible, violenta, todas sus crisis de pasión, todos los conflictos de su alma, se revolvían en enfermedades nerviosas, en verdaderos ataques de epilepsia, cuasi en accesos de una locura aterradora.

Inteligente, cultivada, artista dilettante, amaba las artes, los poetas y los viajes. Sabía de Carducci, Stecchetti y Fogazza-ro, de Leoncavallo, de Puccini y de Mascagni, y soñaba con países lejanos, con horizontes extraños, con cielos desconocidos, con perspectivas de países remotos y caminos ilimitados, como si fuese una alma de bohemia, prisionera en un castillo...

Y sabía condensar sus sueños, escribía en su Álbum íntimo páginas deliciosas, pintaba acuarelas soñadoras, cantaba con una voz maravillosa.

Al principio, aquella alma impulsiva fue hostil a Hugo Vial. Su frialdad respetuosa, su cortesía displicente le disgustaron.

Pero, poco a poco, como cautivada por aquella palabra encantadora, fue acercándose a él, dejándose deslumbrar, dejándose absorber, dejándose aprisionar en la red luminosa de aquel pensamiento y de aquel verbo, sufriendo la rara captación de aquel hipnotismo extraño, extraño.

Como las mujeres de Bethania, al arribo del pálido y blondo galileo, así ella sintió la aproximación del Iniciador, y fue hacia él, y el polo de su vida se fijó.

Y sus labios dijeron la palabra que salía de todas las bocas: Maestro. ¡Oh, Maestro! y su alma fue hacia él, como una fuente hacia el río.

Y la hora de la Anunciación sonó en su alma.

Y fue hacia el revelador, como una Magdalena virgen, y le mostró su alma desnuda, aún libre de mancilla como su cuerpo, y abrió el joyel de sus sueños, rico como el tesoro de una cortesana oriental, y regó ante él sus sentimientos como perfumes, y la mirra de sus aspiraciones ardientes perfumó aquel templo del secreto, donde se abría su alma temblorosa y bravía como una flor de Cactus, al beso del sol de Palestina.

Y de su corazón se escaparon las confidencias, como palomas ebrias de un néctar venenoso, acendrado en la soledad, como pétalos de flores mortales, abiertas en el silencio, en el dolor de una conciencia irremediablemente enferma.

Y a Hugo le parecía escucharla aún aquella noche de luna, perfumada como un bouquet de Amor, rumorosa como un epitalamio, iluminada castamente por una luz difusa de irradiación de estrellas, y el mar como si se durmiera, y a lo lejos el volcán extinto como si velara, y el alma de la virgen abriéndose en el gran silencio de la noche, como un cofre perfumado en cuyo fondo durmiese una serpiente luminosa, un insecto de la India, magnífico y terrible.

Su voz angustiada sonaba cuasi trágica, y decía:

—Mi alma es un abismo. Esta débil flor de mi virtud se inclina sobre ella, como atraída fatalmente por el vórtice: ¿quién podrá decirle al rayo, no la quemes? Ella va hacia el fuego y dice: bésame ¡oh llama! envuélveme ¡oh llama! consúmeme. Y contorsionada bajo el flagelo de la sangre, agoniza, atormentada por los espantos de su ideal. Yo soy como la virgen corrompida, la hija de Herodíada cuando dice: yo soy la rosa de Saron y el lirio de los valles, si mi preferido no viene a mi jardín, yo iré hacia él...

Yo, como ella, no tengo miedo al Iniciador, y puedo decirle: tú, salvaje del desierto, lleno de odio, el rayo de tus ojos no me da miedo.

Mis volcanes y mis ojos fulguran con más fuerza. Pero yo quiero prender en ti un fuego dulce y febril, como el sueño de mis noches, cuando los suaves narcisos esparcían sus perfumes en torno a mi cabeza. Pero algo más alto que el sueño del amor grita en mi alma que me consume. Yo te oí decir una vez: una alma de excepción no debe sentir intensamente, sino tres grandes pasiones: la Ambición, el Odio y la Soberbia; y no debe aspirar a hacer germinar en las otras almas, sino tres sentimientos: la Admiración, la Envidia y el Odio. Y yo tengo en mi alma un cuarto sentimiento, del cual no te he oído hablar nunca: la venganza: ¿es que no la has sentido jamás?

—La venganza es una prostitución de la Justicia. Yo no me vengo: yo castigo.

—Yo sí me vengaré. Tu yo indagador ¿no ha visto la negrura de mi suerte? ¿No te ha conmovido nunca este limbo de desastre en que me agito? Este nido de escudos rotos y muebles salvados del naufragio, la humillación de esta posada ducal, ¿no te han hecho pensar nunca en lo que sentiría mi pobre alma, que no ha hecho mal a nadie todavía, abriéndose así, bajo un castigo inmerecido, víctima expiatoria de los vicios y de los egoísmos culpables de su raza?

Yo soy enferma, porque mi padre era un alcohólico. Yo soy pobre, porque mi abuelo, es un avaro. Y yo pago los vicios de estos dos hombres. Mi padre ha muerto. Yo respeto su tumba. Él me amaba bien. ¡Pero mi abuelo! ¡ah, mi abuelo! ¡Ah, marqués de Camportelazzo! Yo me vengaré.

Y la virgen terrible temblaba, como si sus nervios fuesen a estallar en una de esas crisis tremendas, que le eran habituales.

Y luego continuó...

—¿Has visto la negrura de este antro en que nos agitamos mi madre y yo, ella, como una hipnotizada de la tristeza, yo como una poseída de la desesperación? ¿no has visto esta agonía lenta de la miseria incurable, este sonrojo silencioso, esta consunción en que evaporamos nuestras vidas, sobre las cenizas de nuestra fortuna, en frente a los retratos de nuestros abuelos impasibles? ¿No has adivinado el drama de nuestra existencia? Mi abuelo, el marqués de Camportelazzo, nos odia. No ha perdonado nunca a su hija, a mi madre, su matrimonio. La raza de mi padre es raza enemiga de los Borbones. La lucha de la libertad en Sicilia cuenta con muchos mártires en ella. El marqués de Camportelazzo era amigo y partidario del Rey Bomba: de ahí su odio inextinguible. Mi padre murió despreciándolo. Y el noble Señor, retirado en su castillo feudal, persigue aún, con sus odios, estas dos mujeres desvalidas. Mi madre lo ha perdonado. Yo, no. Lo odio con un odio ciego y furioso. Las raras veces que la casualidad nos ha puesto frente a frente, he caído sobre él como una cólera, como una maldición. Una vez que por defenderse insultó a mi madre, lo abofeteé en presencia de sus otros nietos estupefactos. Me huye como al cólera, y dice que soy loca. Me ha querido sobornar porque me teme. Yo no acepto limosnas. O todo o nada. O enmienda las injusticias hechas, o perece víctima de ellas.

Y, en tanto, ¡qué suerte la mía! Florecen mis diez y ocho años en esta soledad de ergástula, y mi juventud y mi hermosura se abren en pleno eclipse. Y mientras mis tías y mis primas son la princesa de tal, la contesina cual, la marquesina de más allá yo soy la señorita Monacci, y me consumo en la soledad y en la miseria. Y cuando en un baile veo brillar en los hombros desnudos de mis tías, y en el cuello de mis primas, las joyas de mis abuelas, sin que una sola le haya tocado a mi madre, y tengo que retirarme en un coche de alquiler, mientras ellas pasan en sus equipajes, lujosas e insolentes, yo siento que el vértigo de la cólera y del crimen me posee.

Yo no espero ni deseo el Príncipe azul, que venga a sacarme de la miseria. Eso sería el descanso, no la venganza. Eso sería grato al ilustre abuelo mío.

La suerte me inclina hacia abajo, y yo iré hasta el fondo.

Me vengaré haciendo sonrojar a los que me han hecho llorar. ¡Ah, marqués de Camportelazzo! Yo te enfangaré el blasón, para no limpiarlo nunca. Yo pondré en su escudo un cuartel que no tenía: la prostitución. Sí, pero no la prostitución profesional, que puede reprimirse con la policía, y que no pasa de los límites de una ciudad o de un país, sino la prostitución artística y sonora, cosmopolita y ruidosa, que lleva una corona en sus bagajes, para adornar sus noches de Amor en los cuartos de los hoteles y el camarín de los artistas.

Ese hombre tiene la vida en el título y yo lo mataré deshonrándolo. Yo iré al Teatro. Todos me auguran en él una gran carrera. Pero no iré al Teatro en la expresión de un Arte alto y noble, en la ejecución clásica de la música o del drama, en la ópera o la tragedia. Eso no enfanga. La aristocracia ama las grandes artistas, y les da puesto en su seno: la Patti ha sido Marquesa y Baronesa, la Nilson es condesa, la Alboni también, Clara Warlt es Princesa. El arte es una aristocracia. Ellas iban ascendiendo del Arte a la nobleza. Yo iré de la nobleza al Arte. Voy con la cabeza hacia abajo, precipitada como Satán. Yo iré al arte que es hermano y voz del vicio, al arte que corrompe y que degrada, a aquel en el cual no hay una centella de genio, ni de gloria, al arte vil, a lo canallesco, a lo irremediablemente impuro: iré al Café Concierto. Cantaré las canciones más obscenas, con los movimientos más provocativos, emporcaré mis labios y mi mente, entregaré mi nombre y mi cuerpo a las caricias del público, y haré poner en los carteles, al pie de mi nombre del Teatro: de los Marqueses de Camportelazzo... ¿Recuerdas aquella duquesa de Sierra Leona, pintada por Barbey d'Aure-villy en la última de sus Diabólicas? La sombra de esa duquesa seré yo. ¡Oh, mi venganza, oh, mi venganza! dijo, e inclinando su cabeza, sollozó amargamente.

—Te he hecho toda mi confesión, murmuró sobriamente, te he entregado mi espíritu, has visto mi alma desnuda. Eso es bastante por ahora.

Y le extendió sus dos manos para decirle: ¡adiós!

Y se alejó, blanca y trágica, como la sombra de una Euménide virgen, como una Electra formidable, moviéndose en la lividez de un crepúsculo de crimen...

Y ella había dicho: aunque te envolvieses en la llamarada de un incendio, yo, sin lamentar un solo día de mi juventud iría hacia ti en medio de las llamas, tendiendo hacia ti mis brazos, gritándote feliz: Envuélveme ¡oh llama! absórbeme, ¡oh llama! ¡anonádame en ti!...

¡Y fue hacia el incendio formidable! Y quemó en él sus alas níveas, en una sed inmensa de ignición.

Y así la poseyó, en una noche espléndida, de caricias lunares, de espejismos del lago, de alientos perfumados con áloe de las playas africanas.

Era pasada medianoche, y él llegaba del Teatro. Al atravesar el comedor, para ir a su cuarto, vio a Hilda que meditaba en el balcón, y parecía esperarlo.

Se saludaron.

La hora, el silencio, la soledad, llamaban la confidencia de las almas.

Ella lloró sobre las tristezas de su vida, y sobre el hombro de su amigo.

Él, viéndola en sus brazos, sollozante, quiso desaligerarla del corsé, para que respirase mejor, y como las olas de un mar de nieve sus dos globos de alabastro brotaron insumisos.

Cuando un hombre ha visto los senos de una mujer, esa mujer le pertenece.

Besó su boca en flor, como una herida abierta, y la poseyó virgen, sumisa, sin lucha y sin amor.

Y cuando días después se alejó de allí, no había en su corazón, sino un recuerdo triste, un vago presentimiento de desgracia, un como remordimiento de haber poseído la virgen fatal, de haber acercado sus labios a aquellos labios hechos de fuego y de ceniza como un cráter, de haber desflorado los pétalos de aquel lirio rojo, lirio de Maldición y de Pecado.

Un año después llegó a Nápoles en plena estación estiva.

Una noche, deseando cambiar de espectáculo, fatigado de la música del Gambrinus, de las canciones de la Galería Umberto, de los conciertos de la Villa Reále, fue a lo largo de los malecones de Partenope y de Chiaia, viendo la iluminación férrica de aquel cielo incomparable, mecido por el rumor del golfo, cuya olas preludiaban nostálgicas, rumorosas, en lenguaje indefinible, la canción de lo infinito, mientras organillos tristes, y cantores errabundos, llenaban el aire de melodías apasionadas, y voces exultantes, vibradoras de amor perdido, se alzaban en la soledad de la noche, cantando fuertes, acariciadoras, como el alma de aquel pueblo, de aquel hijo de la Gran Grecia, trovador amante y feliz, sobre un lecho de lavas, bajo su cielo de índigo, y el follaje cariñoso de sus naranjos en flor.

Y las voces continuaban en cantar:

Oh, Bella Nápoli...

Así llegó hasta los malecones de Santa Lucía, y vio, allá, hacia el mar, en un foco de luz eléctrica, los anuncios de El Dorado.

Y fue a él.

Era el único Café Cantante que le gustaba; avanzado en el golfo, sostenido sobre las olas que rumoreaban juguetonas debajo de él, acariciado por las brisas de Pausilipo, que venían cargadas con aromas de jazmines y nardos de Arabia, de los jardines de Paussoles, iluminados por los fuegos distantes del Vesubio, acariciado por el rimbombo de su trueno perpetuo y formidable...

Habían pasado dos o tres números del repertorio; un prestidigitador, un acróbata, un domador de leones, y el cuarto número apareció anunciado: Leda Nolly, cancionista.

Nápoles es el país de las canciones.

Quien las ha oído una vez, nos las olvida nunca.

La música empezó lenta, tierna como una queja, como un rumor de besos prolongados... Después, se hizo alegre, ruidosa, como una ebriedad de sonidos y de notas.

Y, entonces, de súbito, como escapada a un país de sueños, arrullada por las voces cantantes de las arpas y de los violines, como si anduviese sobre un tapiz de ritmos, en un nimbo de armonías, apareció la cantante en un traje rojo orlado en negro, como un pistilo de fuego en una corola tenebrosa, con el pecho florecido, como un pectoral de rabino, bordado de cálices y palomas, divinamente incitativa y perversa, como una Salomé hierática y triunfal.

Un aplauso prolongado la envolvió. Ella se inclinó reverente, dejando ver al inclinarse, carnes deslumbradoras, más que su extraña pedrería, senos mal cubiertos, en una semidesnudez artificial.

Después, como una llama que anduviese en las alas divinas de un acorde, avanzó hacia la escena.

La reconoció bien: era Hilda, bajo su nombre de Teatro.

Era la flor del Mal, la rosa lúgubre, que se abría al Sol de la venganza, incitativa y trágica. La joven se inclinó al público, y empezó a cantar.

De su garganta, como el cáliz de una azucena donde durmiera su nido de ruiseñores, brotaron arpegios cristalinos y sonoros, y de su boca en flor se desgranó un torrente obsceno de calembures infames, del lodo rimado, de impurezas vertiginosas y rítmicas, una cloaca musical, alegre y desvergonzada, como el himno de una orgía.

Hugo sintió que el corazón se le ahogaba, y una onda de dolor y de angustia le subía al cerebro, ante el horror de aquella decadencia irremediable.

La artista seguía cantando, moviendo todo su cuerpo, con esbelteces pérfidas de liana, y acariciando como una oferta, las ánforas de sus senos. Sus ojos perversos reían y prometían, mientras enviaban al público, delirante con el tropel de sus rimas impuras, un diluvio de besos incendiados...

No pudo soportar más; un sufrimiento desgarrador, una tristeza profunda lo invadían, y abandonó el Teatro, triste, angustiado, sombrío, ante la inexorabilidad de aquel destino, ante la visión de sus pétalos fulgentes.

Pocos días después, Hilda vino a Roma, y fue en busca de él. Lo amaba y lo necesitaba. Su madre había muerto y estaba sola.

Se había hecho aún más bella, con esa belleza deslumbradora y tenebrosa, que la hacía irresistible como el pecado, enigmática como la muerte.

Se vieron y se unieron, y ella se hizo ostensiblemente su querida.

Y, así, cayó él bajo el yugo del colage, ese yugo enervante y envilecedor, asesino de la energía, que mata en los débiles hasta la última luz del Ideal.

Felizmente, él era fuerte, y su querida quedó sumisa, como encadenada a su hipnotismo, tranquila, hasta donde podía estarlo aquella alma inquieta, inapaciguable.

Los teatros de Roma, no ofreciendo por entonces nada a la ambición de la joven cancionista, a quien sólo precedía una reputación ruidosa de provincia, se dio al estudio con una consagración febricitante, con un ardor que puso en peligro su salud.

Él la llevó a París. Allí la hizo oír de Ivette Gilbert, a Judit, a Clara Warlt, y repasar con maestros especiales todo el repertorio de l'Horloge, des Ambassadeurs, Casino, Jardín de París, Moulin Rouge, la Cigale, Folies Bergères, y todos esos templos de la Lujuria, donde aúllan obscenidades, meretrices líricas, en una horrible prostitución del Arte y de las carnes.

Hilda absorbió a París, se intoxicó de él, se consubstancializó con la Ciudad Monstruo, el alma de Babilonia entró en su alma, y su gran neurosis incurable se asimiló a aquella neurosis ninivita, y apuró el delirio de aquella gran copa de vicio, repleta de histerias.

La desvergüenza artística, canallesca, de Nápoles, se refino hasta desaparecer en la desvergüenza profunda de los teatros parisienses. Su voz, su acción, su mímica, todo se transfiguró en aquel laboratorio de ficciones.

Se hizo una artista exquisita, intensamente perversa y turbadora.

Regresó a Roma, con los últimos figurines, los últimos trajes, las últimas excentricidades y las últimas canciones parisienses.

Sus vestidos eran de Wood, sus sombreros de Lantier, sus canciones, de los últimos poetas jóvenes de los cabarets de Montmartre.

Él la había cubierto de joyas antiguas y raras, que venían de su país, y que lucían en su garganta y en su cabeza, como una constelación de gemas.

Fue contratada para el Teatro Nazionale, donde una compañía de Opereta agonizaba, falta de una grand atraction.

Y Leda Nolly fue el clou de la estación.

Viéndola ya lanzada, Hugo pensó en dejarla.

Fue imposible.

Hilda lo había amado siempre y lo amaba entonces más. La gratitud, el hábito, la admiración creciente, habían hecho inmenso el amor en aquella alma apasionada y tenebrosa. Hugo se había hecho para ella todo. Era su amante, y su Maestro, y su Oráculo. Sus gustos literarios, sus teorías de Arte, la facultad maravillosa de distinguir la esencia de lo bello en todo, lo hacían el consejero adorable y adorado de aquella pobre alma enferma y sola.

La admiración de la joven era sincera y fanática, como su amor.

Orgullosa de su Musa, llegó a proponerle que hiciera versos que ella cantaría.

Él no logró disimular la hilaridad que la propuesta candorosa le produjo.

Él, el más soberbio de los escritores de su época, conocido Por tal en los medios literarios que lo leían, él, el hombre de la frase alta y sonora, roja y sublime, haciendo versos para divertir al público noctámbulo de un Café Cantante, le pareció tan divertido, que rió de todo corazón.

—Gracias, carísima mía, le dijo, ¿quieres hacer de mí un d'Annunzio cancionero para una Duse de Café Concierto? ¡Oh, mi Gioconda! ¡Oh, mi Foscarina! Yo no seré tu Stelo Efrén. Gracias, abdico la corona y renuncio a la inmortalidad que tu genio pueda darme.

Ella sintió el dardo, sufrió con la crueldad de la burla, porque el Fuocco del poeta del melagrano había dibujado en su cabeza mil horizontes de sueño; pero calló, porque había aprendido a respetar a aquel hombre, al cual era fácil odiar, pero era difícil, cuasi imposible, no admirar.

La indiferencia, el hastío, que empezaban a aparecer en Hugo, llevaban a Hilda a la desesperación.

Se hizo humilde, rendida, sus nervios la llevaban a crisis de melancolía alarmantes, y se agarraba desesperada a su Amor y a su corazón, que huían.

Él tuvo piedad, y continuó atado a esa cadena de vicio sin amor, esperando que la vida nómada, que iba a principiar para la artista, lo libertaría al fin de esta pesadilla dolorosa.

En ese estado de espíritu conoció a la condesa Larti.

A la aproximación de aquella alma, tan alta y tan recta, su espíritu se volvió hacia ella, como un girasol que abre todos sus pétalos al astro primaveral.

La alba luz de aquel corazón sereno y puro, irradió en sus pupilas de miope moral, y por primera vez vio una alma.

¿Existía el Bien?

Aquella mujer era algo más que la Belleza perecedera y frágil.

Aquel vaso de elección era algo más que la forma ática, impecable; ese vaso casto contenía un perfume: la virtud.

¿Existía, pues, la virtud?

Él creía haberla enterrado con su madre, y surgía de súbito blanca y radiante, como un rayo de luz, que rompe los intersticios de una tumba.

¿Había, pues, una alma en la mujer?

Y, por primera vez, vaga, confusamente, como en una alba brumosa, veía la realización de ese fenómeno: la aparición de una alma de mujer ante sus ojos.

Las mujeres de Jerusalén, que vieron al Cristo radioso alzarse de la tumba, no sintieron mayor asombro. Sus negaciones, como los pretorianos del Sepulcro, quedaron heridas de verdad.

Y tembló ante el Milagro.

El ojo deslumbrado por la Belleza suprema debe cegar.

La pupila que ha visto la última expresión de la Belleza, debe de reventar, ebria de luz.

Así, cuando después de haber visto el fulgor de una alma, volvió al limbo moral en que vivía, aquel estercolero en que se agitaban dos cuerpos en pecado le dio horror.

Aquella vida se hizo odiosa.

Y sacudió su cabeza con una fuerza de león enfurecido.

La artista tembló ante esta rebelión que le pareció definitiva.

Lloró, imploró: todo fue en vano.

Él no se conmovió, no toleró escenas. Amenazó con el manicomio, y empezó a alejarse, fría, deliberada, paulatinamente.

Lo que Hilda sufrió no tiene nombre. No se le ocultaba la causa y entonces germinó en ella ese odio ciego y brutal por la condesa.

En su alma, hecha solitaria y obscura, como un huerto inculto empezó a crecer la planta venenosa: la venganza. Ese sentimiento que la había llevado a la deshonra ¿a dónde la llevaría así, decuplado por su Amor?

Las relaciones con una Artista de renombre, no son nunca un secreto en el gran mundo.

La condesa, herida de celos, habló a su amigo de esta relación culpable.

Y fue inflexible.

Cuando aquel verano, Hilda fue contratada para una jira teatral, fuera de Roma, él creyó llegada la ocasión del rompimiento definitivo.

En vano la Artista le escribió de Livorno, de Viarreggio, de Pisa, requiriéndolo con acentos de una pasión verdadera y profunda, suplicándole fuera a verla, siquiera una semana, a presenciar sus triunfos, siquiera una noche.

Todo fue en vano.

Egoísta, absorbido en su nueva pasión, desgarró aquella alma trágica, sin pensar que podría serle fatal.

Y le escribió a Venecia una carta que era el rompimiento definitivo.

La artista sufrió sin queja, y devoró la injuria.

Y el silencio cayó sobre sus labios, como una piedra de sepulcro, y el dolor rompió su corazón, como una ánfora cargada de veneno.

Y principió después esa guerra sin cuartel y sin tregua, dispuesta a ir hasta el crimen, por vengarse.

Y fue para atemperar esa guerra de anónimos, de insultos, de amenazas, que Hugo se humilló, hasta ir en busca de la artista, a pedir un armisticio, para aquella pobre alma de mujer, herida sin piedad.

Y Y todo estalló en la escena violenta y tempestuosa de esa noche.

Se paseaba inquieto, febriciente, por esta excursión a su pasado, cuando vio sobre su escritorio una carta.

Reconoció al momento aquella forma de letra elegante y clara, aquel papel lila pálido, aquel sello particular con el exergo latino ad hora, et semper.

La abrió con precipitación. La esperaba después de aquel fin de idilio, de aquella escena en que él se había quedado sollozante de deseos, en un sofá en su salón, y la había visto partir sin detenerla, sin decirle adiós, sin estrecharle la mano, sin coronar con un beso su cabellera fúlgida de aurora.

Y la carta decía:

Mío carísimo:

¿Me has perdonado? Sé piadoso para una pobre incomprendida, que tiene el mal de amarte demasiado.

Tengo necesidad de ser perdonada.

Dime que me amas...

ADA.

Y, como toda carta de mujer, llevaba una posdata, que era el objeto de la carta misma, y decía:

Mañana, como todos los jueves, iremos al Pincio, a la música. ¿Me será dado hablarte?

Aquella súplica apasionada y tierna, el ruego de aquella alma, vaso de Perdón, lo conmovieron hasta la ternura, y llevó el billete a sus labios y lo cubrió de besos; era el rostro de la Amada.

Y el eco de los besos castos sonó en su corazón, corno el rumor de la ola entre la concha marina...

Tristezas silenciosas, como aves taciturnas...

Adaljisa no engañaba su corazón.

Le daba la verdad a devorar, como para nutrirlo en el dolor. Veía su amor amenazado, su ventura pronta a desvanecerse como un miraje de la pampa, hecho de lontananza, de niebla y de rocío.

¡Ah, la querida ventura fugitiva, tan bella como un paisaje de idilio, desflorado por un sol levante!

Y la inquietud engrandeciente de su alma lo envolvía todo en una nube gris, color de angustia.

A la sola idea de que este amor, el único de su vida, pudiera faltarle; que el Adorado pudiera huir lejos de ella; que llegara a odiarla por su castidad; que hallando en otras mujeres lo que ella se empeñaba en negarle, fatigado de un culto platónico, volviera la espalda a este romance estéril, y se apartara de ella para siempre, su corazón temblaba, como bajo la amenaza de un puñal.

Hoy, más que nunca, aquel amor era la vida de su vida y el soplo de su alma. ¡Se había hecho tan necesario a su existencia, antes tan triste y desolada!... Ella amaba por todo el vacío de su vida anterior, por toda la soledad de su vida presente, por toda la inquietud del porvenir... Aun en los momentos de mayor ventura y de abandono, ella no olvidaba nunca ese fantasma aterrador: el mañana... ¡La vejez, el hastío, el abandono, la muerte!

¡Oh, si tuviera la edad de su corazón!

Esta obsesión de edad la torturaba, y minaba su ventura, como un cáncer roedor.

Aun era bella, con la belleza inmortal de las diosas y de las estatuas.

Pero, ¡ay! un soplo del tiempo, el paso de unos años y su belleza caería en ruinas, con la tristeza silenciosa de un mármol que se rompe, Y una voz interior le decía como el Poema del Bien Amado: Aun es tiempo de amar y de vivir...

¡Tiempo de amar! Tiempo de adorar, decía ella, viendo cómo fulgía el ídolo en el ara radiosa de su alma.

¿Pero amar para entregarse?

¡Oh, la gran pena! Su carne, casta, como levadura de hostia, no vibraba a la llamarada del placer, no se despertaba al grito del deseo.

Su gran pasión, incomprendida, moriría despreciada, si se empeñaba en resistir, o profanada, si se entregaba y caía. ¡Oh, cómo era frágil la ventura de su sueño!

La resistencia era la derrota. Eso lo sabía bien. Aquel hombre no soportaría por más tiempo la tortura del deseo inapaciguado. Lo había visto así en el acento de su voz imperante y desdeñosa, en la mirada de sus ojos amenazantes y esquivos, en la actitud de cólera y de desdén con que la dejó partir aquella noche, en que para salvar su virtud victoriosa, había tenido que escapar de brazos del Amado, ebria de ternura, y poesía, llevando aún en los labios la sensación portentosa de sus besos, como el calor de su alma, que se hubiese dormido en ellos.

Para continuar en ser amada, tenía que ser profanada. Tenía que sacrificar su virtud a su corazón. Su carne sería carne de holocausto, ardería como incienso y como cirio, se daría como el humo y el perfume en el ara divina de su amor.

Y esto la entristecía hasta las lágrimas.

En las altas angustias de su conciencia atormentada, en las crisis trágicas de su honradez, en esa lucha de su heroísmo moral, frente a la energía sensual, en el espanto de su espíritu, obligado a optar entre su amor y su virtud, en ese desastre tormentoso de su corazón, su alma piadosa se refugiaba en Dios con una necesidad infinita de auxilio, de luz y de perdón.

Y se amparaba a la sombra de la cruz, como bajo un árbol protector que la librara del rayo, como si los brazos abiertos del Crucificado la llamaran, como si sus labios cárdenos le dijeran: Ven, escóndete en la herida sangrienta de mi pecho, donde la lanza asesina hizo ese nido para las almas sin consuelo:

Ven, yo soy la Verdad: yo soy la vida

EGO SUM VERITAS ET VITA,

y el consuelo y la paz de las que sufren.

Y se refugiaba en el ara del altar, como si fuese una roca inaccesible, adonde la tempestad no podría llegar, donde las olas enfurecidas no podrían arrebatarla, hundirla, sepultarla en el naufragio pavoroso de su Ideal.

Y entonces oraba, oraba con ese fervor apasionado y conmovedor, de los ardientes y sencillos, de las almas cándidas de Fe.

Aun era pura. Pero, cuando se acercaba al tribunal de la penitencia, temblaba, vacilaba, necesitaba de todo su valor para no huir, como si hubiese sido una pecadora ignominiosa, irredimible... Y, al desnudar su alma casta, como el cuerpo de una virgen entregada a los leones, al mostrar su corazón despedazado, como un vaso roto que hubiese contenido sangre de un mártir, toda su angustia se diluía en lágrimas y en sollozos.

El viejo monje mercenario, que la escuchaba en la nave silenciosa de Santa, Francesca Romana, tenía todas las penas del mundo en calmarla, en disipar los espantos de su pobre alma torturada.

Y su consejo implacable, su admonición tremenda, caía como una sentencia de muerte sobre aquel pobre ser, que se empeñaba en consolar:

—Huid de la tentación. Apartaos del tentador. ¡Escapad antes de la caída! Dios os concede esa tregua. ¡Salvaos! le decía.

Y ella hacía la intención, y se acercaba a la mesa eucarística, y devoraba a Dios, para hacerlo bajar a su alma como un Pacificador supremo, hacerlo descender hasta las borrascas de su corazón, para calmarlas, hacer pasar sobre aquel mar furioso, la figura suave del Salvador, bendiciendo las olas y diciendo a su alma amedrentada, prendida de un pliegue de su túnica: Mujer de poca Fe ¿por qué vacilas?

Pero cuando se trataba de cumplir la tremenda admonición, le faltaban las fuerzas.

¡El abandono, la ruptura definitiva, el fin de todo!... ¡Oh, eso no! Huir, dejarlo, escaparse de su lado... ¡Oh, no, eso no, jamás! Eso sería su muerte moral, una muerte mil veces peor que la muerte física, un suicidio del espíritu más lento, más torturador, más cruel que el suicidio verdadero. El suicidio es un éxtasis, es el deseo que se diluye en lo infinito. Pero, ¡la ausencia! ¡Oh, la ausencia es la muerte sin la paz, la tumba sin el Olvido, sin el silencio, y sin la calma!

No tenía fuerzas para ello, no lo ensayaba siquiera, y se refugiaba en la oración silenciosa y sollozante, que llenaba su alma mística de una serenidad de Alba, de un perfume extraño de consuelo y de paz.

Huía de las grandes basílicas suntuosas, de San Pietro, San Giovanni Luterano, Santa María Maggiore, como temerosa de que su pobre oración, paloma enferma, no pudiese romper aquellas cárceles de mármol, y muriese, enredadas las alas, en las garras de los leones o las barbas de los profetas, que decoran las cúpulas soberbias, poniendo pavor en las almas torturadas, en la plegaria temerosa de los labios ardidos por la fiebre de todos los tormentos.

Buscaba las iglesias retiradas y solitarias, aquellas en que rezan los humildes al fulgor de una lámpara votiva.

Iba hacia aquellas más distantes de su palacio, donde era desconocida, donde podía entrar y orar como una alma martirizada y sollozante, como esas gentes sencillas, que repasaban sin mirarlas, las cuentas de sus rosarios, implorando a la Madonna, en una actitud verdadera de éxtasis.

Gustaba de emigrar hacia el Esquilmo, donde todo le hablaba de los mártires, de las almas hermanas de la suya en el dolor, de los cuerpos desgarrados, como su corazón.

Y así se la veía llegar humilde, silenciosa, a templos lejanos, como San Clemente, dominada por el deseo de borrarse, de anonadarse en la humildad, de desaparecer ante Dios, de ser humillada y consolada. Y se detenía en el atrium, el único completo que se conserva en Roma, allí donde se exponían en la antigüedad los penitentes a todas las intemperies, los hiemantes, como se les llamaba, y ella también, como una hiemante dolorosa, esperaba que el sacristán abriera la puerta de la iglesia, y se deslizaba en ella, presurosa, cuasi feliz de hallarse en la penumbra sagrada, y se arrodillaba allá, lejos, cerca al coro, a la triste luz de las lámparas del altar, que envolvían en una gasa de luz, en un manto de ocre, las cuatro columnas de mármol violeta, que como el cáliz de cuatro convólvulos morados, sostienen el ciborium y el sarcófago de los santos. Y allí oraba, absorta en una calma sagrada, en una quietud que era como una hipnosis divina, cuasi en éxtasis de su fe. Su alma sencillamente pura se sentía allí confortada, protegida, segura, como si las alas del Eterno, abiertas sobre ella, le dieran la inviolabilidad y el perdón, el olvido y la quietud...

Pero las iglesias que halagaban más su sed de soledad y de misterio, su éxtasis de oración y de martirio eran: Santa Pudenziana y Santa Prássedes, las dos vírgenes, hijas del Senador Sexto Pudenzio, que convertidas al cristianismo, salían en la noche a recoger en el Circo los huesos de los mártires, para sepultarlos, y a enjugar con esponjas la sangre en las arenas, hasta colmar con ella un pozo, allí donde se alzan sus iglesias.

Era a esos lugares de virginidad, de fuerza y de martirio que iba ella a pedir amparo para su castidad, para su debilidad, para su dolor.

Sobre todo Santa Prássedes era el lugar de su peregrinación diaria. Todas las tardes, al volver de la cita del amado, fresca aún la lucha sostenida, dejaba lejos su coche, y se la veía llegar por la Vía Santa Martino, y entrar al pequeño patio, que precede a la iglesia, y penetrar en ella, afanosa, anhelante, como si fuese un condenado a muerte, buscando la inviolabilidad del templo, para escapar al suplicio.

Se detenía un momento ante la reja que cierra la Capilla de San Zenón, adonde las mujeres no pueden entrar, bajo pena de excomunión, y donde, en medio de un nimbo de ángeles en gloria, está la columna de jaspe, la misma en que, según la leyenda, azotaron a Jesús, y allí oraba al Salvador, pidiéndole por esa sangre derramada baja el azote del sicario, fuerza para ella, amarrada a la columna del Amor, azotada por los deseos de otros, exánime, pronta a desfallecer y a sucumbir.

Y, después, iba hacia la capilla Olgiatti, donde la faz radiosa y triste del Cristo de Fr. Zuccheri parecía consolarla con su resignación dolorosa, a ella, que vacilaba también bajo el peso de su cruz, pronta a caer, fatigada en su ascensión imposible al calvario de su Ideal.

Y, tocando con las manos y la frente el borde del pozo en que la Santa había recogido la sangre de los mártires, la imploraba con un acento desesperado y sincero, y decía:

—¡Oh virgen, tú que encadenaste el dragón del Deseo, sálvame! Por tu cuerpo inmaculado como el lirio de los valles, ¡sálvame! ¡Oh, tú, virgen fuerte, dame la fuerza! Mata el Deseo en el Amado. Haz que el hálito de tu castidad invencible pase sobre él, serenando su alma impura y tormentosa. Limpia su corazón de malos deseos, como limpiabas las arenas del circo. ¡Sálvalo, que es un mártir de la carne! Y sálvame a mí, ¡Oh Señora! Como enjugabas la sangre de los mártires, enjuga la de mi corazón desgarrado y sangriento. Él también es un mártir. Con la sangre que brota de sus heridas habría para colmar cien veces este pozo, que tus manos piadosas llenaron hasta el borde.

Y, en silencio, como temiendo revelar a Dios su pensamiento, lloraba por su juventud agonizante, por el temor de la hora presente, por el horror de la hora cercana y pedía un milagro: el prodigio de detener en su descenso el sol poniente.

Y temblaba de angustia en la intemperie de todos los consuelos.

Y, en una desolada imploración de su alma, oraba por él, por el desventurado sin corazón y sin fe, que no tenía siquiera los consuelos de la oración y de las lágrimas, que hacía toda la riqueza dolorosa de ella.

En el flujo y reflujo de su pensamiento flotaba entonces algo blanco, como la espuma en la cresta de la ola.

Y la Esperanza se abría en su alma, y se extendía como una floración primaveral, surgiendo de las llagas abiertas del Cristo, ornando como un festón los bordes del pozo sangriento, subiendo como una trepadora a la cúpula dorada, y alzándose hacia el cielo, como una flor de promesas y redención.

La Fe crea. La Fe salva.

La Fe es el Verbo que fecunda el caos.

La Fe es la madre del Miraje, de la Leyenda y de la Gloria.

La Fe es la fortaleza del Mártir y el escudo del Guerrero.

La Fe es la vía láctea del Ensueño, constelada de estrellas de quimera.

¡Bienaventurados los pobres de espíritu, porque de ellos es el reino del Consuelo!

Crepúsculos de Otoño, celajes de arrebol...

En la pureza transparente del horizonte se extendía ya ese índigo tierno, ese tono lapislázuli en fusión, esa palidez augusta que decora los cielos del Lacio, en las tardes de noviembre.

Los carruajes que del Corso, Vía Ripetta y Vía Babbuino, desembocaban en Piazza del Popolo, se dirigían hacia el Pincio, ascendiendo lenta, majestuosamente por el laberinto de las ramblas florecidas.

Era la afluencia habitual de carruajes blasonados, donde lucía todo el armorial del patriciado romano, la heráldica orgullosa de la Italia conquistadora, y los blasones cosmopolitas de Embajadores extranjeros y de príncipes en jira, y luego, la cola interminable de landeaus y faetones de los reyes de la Banca y del Comercio, cardog, graciosos y ligeros, como barcas aladas, como canastillas de flores, llenos de jóvenes inglesas, transeúntes, felices de hallarse en Roma, y las modestas carrozzelle de alquiler, llenas de burgueses apacibles y de gente del pueblo endomingada. Una visión policroma y feliz de Roma, a la luz de un crepúsculo opulento.

La característica de Roma es la seriedad decorosa, que no se desmiente ni aun en las fiestas populares más bulliciosas.

Es un pueblo melancólico el pueblo romano, solemne, grandioso en todo, como un himno sacro, como una visión de guerra, como una puesta de sol... Ebria de antigüedad, su alma clásica, dueña en el presente, con los esplendores épicos desaparecidos, y creyéndose nacido para resucitar las cosas muertas, sueña aún con los hijos de Cornelia, con la púrpura de César, con la sombra de Escipión, y mira hacia la Vía Appia, poblada de sepulcros, por ver si sus muertos se alzan, si vuelven sus legiones, dispersas por el mundo.

Es un pueblo que tiene la monomanía de la grandeza, la nostalgia de lo augusto. No olvida su corona. Bajo sus harapos de mendigo, vive su alma de Emperador. Y, abriendo su manto en hilachas, dice como Dionisio, a aquellos que lo desprecian: yo también he sido Rey. Pisoteado por todas las barbaries, tolera, despreciándolos, todos sus opresores. Desdeñoso y triste, mira pasar las olas adventicias de sus dominadores, con una seriedad que recuerda la de sus mármoles clásicos. De Genserico a Garibaldi, él ve, con la misma indiferencia, la espada que rompe sus muros y la oriflama que ondea sobre sus puertas sagradas. El desprecio estoico de su Senado por los vencedores de Alía vive intacto en su corazón. Para él cuanto viene de fuera es la barbarie. El alma de Manlio, y la sombra de sus pájaros sagrados, parecen aun vagar sobre el Capitolio, en mudo coloquio con la loba nostálgica, que con el ojo torvo, espía, a través de sus rejas, el Tíber silencioso, que ha de traerle los gemelos de Rea.

El sueño indomable y despectivo de ese pueblo se ve en los ojos negros y sombríos de las mujeres que cruzan las callejuelas del Trastevere, en la insolencia real de los adultos y la gravedad de los ancianos, que se duermen bajo los pórticos derruidos, entre las columnas del Templo de Vesta, en los muros del Coliseo, en las cuevas húmedas del Palazzo de Cesare, como si durmiesen en un lecho de alfombras de cachemira, sobre brocados de la India, entre sedas suavísimas de Esmirna.

El alma de un pueblo se corrompe en la esclavitud, como un cadáver en la tumba. Este pueblo ha conservado intacta la conciencia de su destino. La Conquista no lo ha matado. Bajo su miseria vive una alma: el alma del Pueblo Romano. Bajo los Emperadores, bajo los papas, bajo los reyes, se cree un vencido. Y duerme sobre las ruinas estrechando contra su corazón sus grandes águilas mudas. Y espera soltarlas otra vez sobre el mundo sorprendido...

Y sueña alzarse con el único título que cuadra a su grandeza: Pueblo-Rey. Muerto con la República, la espera... Y presta oído al silencio de sus llanuras somnolientas, como si esperase escuchar, cual un trueno lejano, el rumor de sus legiones que vuelven victoriosas, y negro el horizonte por un vuelo de águilas que vienen a abatirse sobre la colina formidable, huérfana del Jove Capitolino, las águilas vencedoras de Cartago, las águilas temibles, las águilas de la República romana...

Y, entretanto, ese pueblo abatido es así triste, como esos cocheros silenciosos, ascendiendo lentos por las ramblas del Pincio, cual si se doblasen bajo sus libreas, al peso de las coronas decrépitas de sus amos.

Había en el cielo una como difusión de amatista, y en él aire una como vaga inhalación de rosas. Los horizontes se abrían en pórticos desmesurados y perláceos, como vías lácteas de ópalo expirante, en un vapor rosa pálido, como hecho con alas de insectos y pétalos de jacintos primaverales. Las flores que iban a morir al beso del invierno, los árboles que empezaban a perder sus hojas, aromaban la atmósfera con uno como amor de despedida.

La generalidad de los coches iban descubiertos, como si sus dueños deseasen aspirar estas últimas brisas del Otoño que moría.

Bellas mujeres, de belleza imponente y grave, llenaban esos carruajes en toilettes de media estación, colores serios y tiernos, que diseñaban sus siluetas, perfilándolas, esfumándolas cuasi, en una lontananza indefinida.

La condesa Larti y su hija iban bellas, silenciosas, como absorbidas por la calma triste de aquella tarde augural del invierno próximo.

Cuando llegaron al punto donde se cruza con las otras avenidas, aquellas que de Vía Sestina y Trinidad dei monti, entran en el Pincio, su coche se cruzó con el breack en que Hugo Vial, con otro amigo, iba al paseo. Éste las saludó ceremonioso, al parecer indiferente.

La condesa lo siguió con ojos desolados. La adivinó sufriente, bajo su impasibilidad desconcertante.

Cuando llegaron al hemiciclo lleno ya de los más elegantes equipajes, la condesa tuvo un momento de verdadera angustia y de disgusto. El coche de Leda Nolly, estaba a pocos pasos de distancia. La artista, como si estuviese enferma, llevaba vestidos de invierno, de color sombrío, que hacían emerger más nívea su palidez de lirio, y más luminosa su cabellera fosforescente. Llevaba manípulo y boa en piel de marta blanca, porque su naturaleza meridional y su temperamento nervioso la hacían inmensamente sensible a los rigores del frío. Como estaba a cuatro o cinco coches adelante del de la condesa, ésta no veía sino la llama de sus cabellos cuasi rojos, y a veces, el perfil imperioso de pájaro de presa, y el fulgor inquietante de sus ojos tenebrosos.

Hugo, que se había apeado del breack, la había visto también, y había hecho un largo rodeo, para llegar sin ser visto hasta el coche de Ada.

Es costumbre de la aristocracia romana hacer y recibir visitas en aquel paraje.

Cuando llegó Hugo Vial, ya Guido Sparventa, en la Portière del otro lado, conversaba con Irma. Los dos jóvenes fueron de una frialdad alarmante para el recién llegado. Éste, en revancha, se contentó con una leve inclinación de cabeza, sin darles la mano, con una indiferencia agresiva y glacial. Ada lo notó y tembló, como si la aparición de esos dos nuevos enemigos surgiese en su camino, para amenazar la ventura de su amor, ya tan frágil.

Y Ada estaba bella, esa tarde, con una belleza primaveral, superior a la de su hija. Las líneas impecables de su rostro, como las de su cuerpo, semejante al de una virgen, se diseñaban con una pureza de relieve admirable, al reflejo de aquella luz cuasi ateniense.

Sus ojos martirizados por la angustia, la sonrisa triste, que vagaba sobre su boca dolorosa, le daban tal aire de dolor irredimible, de vencimiento resignado, que Hugo, conmovido ante aquella angustia silenciosa, le estrechó tiernamente la mano, que tembló entre las suyas, suave y ardiente como el pecho de una golondrina prisionera.

La tristeza de la tarde que moría les llenaba el ánimo.

El amatista de los cielos se diluía en un violeta obscuro, que se incendiaba en la línea del oriente, sobre un mar cárdeno, como la última ondulación azul de una cordillera, desapareciendo en un mar de sangre, y el ocaso, semejante a un archipiélago de púrpura, sembrado de islotes negros, sobre los cuales la candidez de algunas nubes fingía procelarias vagabundas, las alas desmayadas y rompidas, en medio del crepúsculo expirante. Desde esa terraza, por sobre la balaustrada donde el público contemplaba la puesta del sol, se veía esplender ese incendio férrico del cielo, y las cumbres violáceas de las serranías y la cúpula de San Pietro dando reflejos azules, como una tiara ornada de zafiros, y el Gianicolo, en cuya cima, como la imagen de un San Jorge en llamas, de un conquistador alado, visto en el sueño místico, la estatua de Garibaldi centelleaba y fulgía, como un lábaro de fuego, en la irradiación cegadora del sol, como si los cascos de su caballo se enredasen en la púrpura del crepúsculo, como en el manto de gala de un cardenal atropellado, muriente bajo sus pies...

El ruido de la marcha real y el rumor de la multitud los llamaron a la vida.

Pasaba la reina, bella, sonriente, con su sonrisa inimitable, inclinándose con esa gracia sólo de ella, con un movimiento de corola, como si fuese la flor cuyo nombre lleva, moviendo su cabeza blonda como en un ritmo luminoso, como acariciada por aquel hálito humano, por aquel soplo de un pueblo enamorado de su Augusta Soberana.

Pasó, como una visión de luz, rubia y sonriente, como un pistilo de oro, entre las cuatro llamas, que semejaban los cocheros en sus libreas de un rojo cegador.

Y la condesa quedó absorta, como siguiendo aquella estela áurea que dejaba la belleza real, y pensando que ella era una niña, una pensionaría, cuando aquella reina ya madre ascendía al trono.

—¡Oh, cuan bella es aún! exclamó, como si en esa exclamación se condensaran todos sus deseos, todas sus esperanzas de permanecer también eternamente joven y eternamente bella, en la irradiación constante de su belleza opulenta.

Una carcajada canallesca sonó entonces muy cerca.

Hugo la reconoció: era la risa de Leda Nolly.

El coche de la artista se había detenido por la aglomeración de vehículos, y ésta, con un gesto de pilluelo, mostraba a otra cantante de aire desvergonzado, el coche de la condesa y ambas reían con risa agresiva y brutal.

Felizmente los coches que se cruzaban impidieron que nadie se diera cuenta de la escena, y el carruaje de Leda desapareció en el torbellino, llevando la cantante, que por repetidas veces volvió la cabeza con aire escandaloso y gesto populachero.

Ada tembló como si fuese a desmayarse.

No se dijeron nada, temerosos de que Irma pudiese sorprender su secreto en una sola palabra.

—Mañana a las ocho, en la Villa Borghese, en el jardín del lago, cerca al templo de Esculapio, dijo muy bajo la condesa.

Y se separaron tristes, sombríos, como si un viento de desastre soplara sobre ellos.

En él la cólera montaba como una marea formidable.

En ella su alma de gran dama sentía como un azote en la mejilla la carcajada infame de la Artista.

Y le parecía que aquel dedo extendido mostraba a todo el mundo las debilidades de su corazón.

Y tuvo vergüenza, ella, la casta, ella, la irreductible, tuvo vergüenza, una vergüenza altiva, desolada, irredimible.

Angustias dolorosas y nunca confesadas..,

El sol esplendoroso fulgía sobre los cielos, sobre los cielos pálidos con un fulgor austral.

Vibraba la mañana cantante y rumorosa, como una selva en fiesta, y el aire entibiecido con brisas del Tirreno, con auras de las playas del África cercana, ponía besos de fuego, auras de vida, en la campiña y la ciudad, salidas de su velo de gasas nocturnales.

Al beso de ese sol reverberante, la vida reventaba en flor.

Y era un himno de estrofas vibradoras: el himno del Trabajo y de la

Acción.

Cuando Hugo Vial salió de su casa, la Vía Palestro, con sus palacios y villinos, envueltos en sus frondas verdinegras, se mostraba bajo el cielo radioso, brillante y sombreado, como un jirón de valle matinal.

A lo lejos las cornetas de los cuarteles del Macao, tocaban cosas marciales, despertando elementos bélicos en aquel hijo de soldado, cuya vida había sido una epopeya de combates morales, y cuyo grito, cuya prosa épica, vibraba sobre el desastre de su cuerpo y de su raza, como la llamada desesperada a un ejército en fuga, último apelo a la victoria, último toque de clarín, sonado por la energía indomable de un trompetero moribundo, en la desolación sangrienta de un campo de derrota...

Mas ¿qué importa la belleza de los cielos, si no se lleva el cielo dentro del alma?

Hugo Vial iba triste, torturado por sus nervios insurrectos, por la neurosis fatal que se apoderaba de él, cuando se veía obligado a combatir en los medios pequeños de la vida.

Este ser de excepción, esta alma de guerra que parecía nacida con yelmo y con coraza en un día de justas y batallas, este guerreador nato, a quien el Dolor había armado caballero en edad adolescente, cuasi impúber, como un Goliat de sueños, hecho a flagelar el Error, como los ángeles adolescentes que azotan a Heliodoro, en los frescos de Rafael; que amaba el peligro como su elemento y la lucha como su sola atmósfera respirable, se sentía triste, deprimido, cuasi impotente para la lucha con las pequeñeces, con las bajezas de la vida.

Su alma hecha para los grandes duelos, para la lucha en las alturas, cuando tocaba el suelo, sentía la nostalgia, la tristeza, cuasi la impotencia del combate. Su ímpetu aquiliano sollozaba prisionero en las trivialidades de la vida. Como el buey de Assour, su marcha era torpe en los pequeños senderos, y sus alas palpitaban, desmesuradas, caídas contra los flancos, ensangrentados por las zarzas del camino.

Él, incapaz de retroceder en el combate, hecho para caer sobre su escudo en la palestra, se ofuscaba, temía, era absolutamente inhábil en las luchas de la intriga. Sus enemigos lo habían visto siempre desarmado en esa encrucijada sombría, y lo habían acuchillado en ella, sin que intentara siquiera defenderse. Su zarpa de león no era hecha para la caza del insecto vagabundo: áquila non capit muscas.

Y así, esa complicación que surgía en torno suyo, esa guerra con una mujer que debía ser por su naturaleza guerra de intrigas y bajezas, perturbaba la alta serenidad de su espíritu, lo inquietaba, lo hacía irascible y melancólico.

Y, luego, el inmenso dolor de desgarrar el corazón de la Amada, de decirle a Ada que pensaba partir, que su país ardía en guerra, que el fulgor de esa hoguera lo atraía, que del fondo de la catástrofe, de las ruinas incendiadas, voces clamorosas venían a él, llamándolo, que el deber tocaba diana en su alma, que era tiempo de correr hacia los horizontes ilimitados de la Gloria o de la Muerte, todo eso lo hacía meditabundo, dolorosa-mente taciturno y triste.

Así atravesó gran parte de la ciudad, sin que nada lo sacara de su ensimismamiento sombrío.

Y Roma despertaba en torno suyo, bulliciosa y feliz.

Y él no la veía. El río rumoroso de la vida pasaba ante sus ojos como una Estigia sin rumores.

En la Piazza Indipendenza, verde, florecida, luminosa, como un altar de Corpus en el campo, los cocheros lo asaltaron, brindándole vettura, y él no les respondió siquiera.

En la Piazza della Stazione, era un rumor de río, viajeros que llegaban o partían, coches y ómnibus atestados de extranjeros, carros de equipajes, fachinos afanados, la manada ambulante de vendedores de diarios y de frutas, ensordeciendo el aire con su ronca gritería, y en los cafetines que se amparan bajo las ruinas de las Terme Diocleziane, noctívagos impenitentes, coristas matinales y cocottes de suburbio, le veían pasar, preguntándose dónde habría corrido la noche aquel signóte, con aspecto de croquemort, displicente y sombrío.

Y así pasó la Piazza Termini, y atravesó la Vía Nazionale, ¡tan bella bajo aquel sol matinal! Y recorrió el Corso todo, sin darse cuenta siquiera de la distancia inmensa que había andado a pie.

Cuando desembocó en Piazza del Popolo, el cantante esplendor de la mañana, pareció despertarlo de un letargo.

La Piazza se abría ante él como un lago luminoso, con riberas encantadas. Las cúpulas de Santa María di Monte Santo de Santa María dei Miracoli, reposaban en la sombra, mientras la de Santa María del Popólo, ya bañada por el sol, se alzaba radiante, como un ánade feliz que seca el albo plumaje en las orillas de un río. Circundada por sus tres iglesias protectoras, por sus vastos hemiciclos de mármol, radiosa de sus estatuas de sus columnas, de sus fuentes, la Piazza semejaba un estanque de miraje, en cuyo fondo reverberaba inmóvil la pupila del sol.

De los jardines del Pincio descendía como un aliento tibio de rosas, impregnado de olores de floresta. Sobre el fondo verde del jardín, teñido de una dulzura imprevista y melancólica se destacaban las grandes cariátides, la línea tersa y nítida de las balaustradas, que se extendían y penetraban como una caricia de mármol, en el fondo perfumado de la fronda, ahogándose en una penumbra azulada color de cúpula sagrada.

Sonoridades lejanas llenaban el espacio, y las formas de las estatuas se alargaban hasta esfumarse en una impresión de sueño, diluido en lo infinito, bajo un cielo de blancuras irreales, semejando esculturas de altares indecisos...

Y, bajo ese cielo de una hermosura radiosa, de un azul violeta pálido, con una palidez de alba, el obelisco de Ramses perfilaba su silueta grácil, de granito rojo, esbelto, como un joven árabe, envuelto en la caricia de esa atmósfera sutil, que reventaba en perfumes, flores del aire, flores de ambrosía, bajo la mirada del sol soñador, que hacía reventar en el espacio flores del cielo, flores de la luna, queriendo como cubrir con su sombra escasa los leones reverberantes, que parecían custodiar su majestad, nostálgicos en la inalterable placidez de esa mañana, en cuya bruma luminosa parecía cantar el alma agonizante del Otoño.

Y él pasó la Porta del Popólo, meditabundo, taciturno, ensimismado, indiferente al sol y a la ventura, el alma entristecida por las banalidades de los hombres, por la futilidad de los ideales, por la miseria dolorosa de la vida!...

Y murmuraba con el Poeta:

mon âme est malade aujourd'hui,
mon âme est malade d'absences,
mon âme á le mal des silences,
et mes yeux l'éclairent d'ennui.

La Villa Borghese diseñaba bajo el grito de luz de esa mañana, las líneas impecables de su pórtico, sobre el cual las grandes águilas áureas, como los pájaros augustales de Foggia, abrían sus alas imperiales, reverberante a la caricia fúlgida del Sol.

La puerta jónica del Canina se dibujaba como una sonrisa de piedra bajo el cielo sereno, ante el fondo verde de sus frondas odorantes, donde vivía la calma en las frescuras sombrías del parque silencioso.

La Villa estaba solitaria.

A aquella hora, en aquella estación, los paseantes son raros.

Nada rompía la monotonía silenciosa de las grandes avenidas.

Esa soledad cuadraba a su corazón.

Y vibraba en su alma libremente la salmodia brumosa del Enojo.

Remontó la Avenida central, inquieto, pesaroso, como bajo la dolorosa evocación de un gran duelo, o la fatigosa preocupación del obscuro, el inevitable porvenir.

Las brisas cantaban en las cimas de los árboles extrañas salutaciones, y pájaros retardatarios, como un coro de monjes, entonaban esas raras salmodias de una liturgia consolatriz, como haciendo eco al cántico de duelo de su pobre alma torturada, cual si celebrasen las exequias de su corazón, de su pobre corazón sangriento, en el seno de ese Otoño desolado.

En la mañana dorada, los árboles y el cielo fingían el mosaico de una cúpula bizantina.

A la derecha, las arboledas del Pincio, obscuras, misteriosas, se extendían a todo lo largo de la Vía delle Muri, hasta confundirse con las frondas florecidas de la Villa Medici. Y bajo esa umbría, extendida como una guirnalda, se alzaba, blanco, escueto, como una roca maldita, el muro trágico, el muro de las tristezas, desde el cual la miseria y el Amor arrojan al mes decenas de suicidas.

¡Oh, el muro de la Muerte!

¡Qué fascinación, qué sortilegio ejerció sobre su alma aquella muralla donde cantaba la muerte, y en cuya blancura sepulcral se había proyectado tantas veces, como las alas de aves heridas, la sombra de los suicidas, que se precipitaban desde ella, viajeros desesperados, al mundo de la Nada!

La fascinación de la Muerte es inexplicable para los que no han sentido la sed inextinguible de morir.

La voluptuosidad de la tumba es irresistible, como la Uamada de una querida misteriosa, inevitable.

beauté pareille au soir, beauté silencieuse,

tiens son baiser nocturne et tendrement fatal.

Su mirada se detuvo fija, cariñosa, como hipnotizada, en la muralla libertadora, desde la cual tantas almas hermanas de la suya, tantos incurables del mismo mal de desaparición que a él lo corroía, se habían precipitado, como flores caídas de aquellos rosales armoniosos. ¡Oh, sus hermanos tristes, lises del Dolor, rosas de lágrimas, caídas en el azul mortal, con sus nombres obscuros, coronados de flores de martirio, perseguidos por sueños insensatos! ¡Oh, los lises fraternales, perdidos en el bosque azul, donde la voz de la ventura atrae con los reflejos perdidos, las ondas calmadas, que se pierden en el brumoso mar de lo Infinito!...

¡Oh, las funéreas rosas de la Vida!

Y pensó en la muerte, con la voluptuosidad acre, intensa con que pensaba en ella siempre que el dolor despertaba en su alma los atavismos dormidos de una raza de suicidas.

Y recordó el único que había visto precipitarse desde el muro fatal.

Era un adolescente, cuasi un niño, blondo como Narciso y bello como él, extraño como un soñador precoz.

¡Carne de Efebo y alma de Poeta, enamorado del fantasma que dormía en el fondo de su sueño inapaciguado, en la comarca lejana de mirtos odorantes, donde extrañas flores abren sus cálices, llenos de sombras pálidas y de perfumes tiernos!...

Era una mañana de la última primavera, en que había ido al Pincio, solo, con sus pensamientos, buscando en la soledad las imágenes de su último Poema.

Y aquel niño había llegado en bicicleta hasta el banco cercano en que él estaba, y se había sentado un momento allí. Luego se había quitado su birrete de paño azul, lo había puesto sobre el asiento, junto con un libro, y se había alejado.

No lo vio más.

Pocos momentos después, las carretas de los agentes de Policía y de los escasos paseantes de esa hora, que se dirigían hacia el murallón, le enseñaron la verdad: el niño se había precipitado por el muro fatal.

Se acercó al lugar del siniestro.

Abajo, muy abajo, se veía, blanco como un plumón de ave, el bello cuerpo adolescente.

Se mataba porque estaba: Stanco de la vita... ¡Cansado de la vida a los diez y siete años! ¡Oh, el amor solitario y alto, el amor pavoroso de la Muerte!

Este recuerdo acabó de ensombrecer su ánimo, de encaminar sus ideas hacia la tristeza, hacia lo trágico irremediable.

Cuando entró en el antiguo jardín de la Villa, donde está el lago, su rostro debía traslucir el estado de su ánimo, porque el guardián respetuoso, lo siguió a distancia.

Su neurastenia terrible se hacía álgida.

Se sentó en un banco, en ese fondo de verdura y de flores, en la espesura salvaje de las hojas amarillas, donde vibraba el aire luminoso, balsámico y tibio, que desfloraba con sus besos las anémonas pálidas, las mimosas marchitadas, en cuyo seno dormía acaso el alma solitaria del Invierno.

El suicidio, la idea triste y salvadora, volvía a volotear en su cerebro, con la insistencia de un vampiro en torno de la lámpara sagrada.

¡Y la imagen de la Muerte venía cariñosa a él, aun antes que la imagen de la Amada!

¡Morir, morir ambos, dormir bajo el mismo sudario, una hora siquiera, en una cámara de hospital!... La renuncia a la lucha, el reposo eterno, la calma absoluta... ¡Oh, la ventura!...

Y miró al lago.

Sus aguas inmóviles, frías, parecían llamarlo con voces de ondinas.

¡La muerte, con su mano mágica y piadosa cerrándole los ojos, sellándole los labios con un beso, sello del Silencio, flor de Paz y de Olvido, flor de oro!; ¡oh, qué visión!...

Y volvió a sentir la vieja voluptuosidad de soñar con la muerte, cerca del agua, donde duerme el alma de las cosas, mientras la selva duerme taciturna, bajo el estremecimiento de las metamorfosis próximas.

Y miraba el lago, donde las aguas inmóviles, frías, sin vuelos, ni vientos, ni rumores parecían llamarlo con voces de náyades dormidas en las algas.

¡El lago lúcido y puro, como el sueño de un niño, de cuyo fondo emergía la Quimera como la faz pálida de un alma taciturna!

Los reflejos del día cambiante formaban en el agua de un verde pálido, extraños mirajes, en cuyo fondo parecía agonizar el sol, en un lecho de plantas arborescentes, flexibles, como filamentos de estrellas.

Libélulas volaban sobre el estanque, con pétalos de rosas melancólicas...

Cada hoja que caía, cada estremecimiento de ala, marcaba un surco sutil en el azul irisado de la ola, cuyo cristal se incrustaba en perlas con pistilos de nenúfar, flotando sobre el agua flordelisada. Era una agua pálida y sugestiva en cuyo fondo se veían dormir los vegetales pensativos, y de cuyo seno tenebroso emergían blancos, lívidos, los fantasmas tentadores, los sueños de la Muerte.

O miroir!
eau froide par l'ennui dans ton cadre gelée
que de fois et pendant des heures, désolée,
sous ta glace au trou profond
J'ai de mon rêve épars connu la nudité.

Sobre el espejo límpido de las ondas, nubes pasaban como sueños fugitivos de la vida.

Y, su corazón temblaba, temblaba ante la intensidad de aquel deseo de muerte que lo poseía, ante las voces exultatrices, que parecían salir de aquel misterio líquido, del pie de aquella basca marmórea, donde caían las aguas como lágrimas fundidas, escapadas de una urna rota, sobre aquel espejo metálico, y donde los grandes mirajes de ultratumba, mudos, desmesurados, se extendían, con sus horizontes de calma, convidándolo al viaje interminable...

Y, se sentía como atraído, sugestionado por la mirada de unos ojos indescifrables, por la caricia de manos lentas y odorantes, por brazos áureos, tendidos hacia él, por los besos de una boca tentadora y fatal...

¡Oh, la voluptuosidad sagrada de la Muerte!

De súbito, allá, en las frondazones amarillas del bosque, donde el viento autumnal cantaba el duelo de las flores, como un sol de Vida, como el astro de la Esperanza, lis de Aurora, surgido en el inefable horror de aquellas floraciones tenebrosas, apareció Ada, blonda y radiosa, como una promesa de ventura, como una llamada vibradora a la Vida y al Amor.

Su cabellera blonda centelleaba al sol, como una corola mágica, y su silueta clásica se dibujaba como una visión de gracia, en el horizonte dorado que circuía como un brazalete real aquel cuadro de idilio.

Hugo, estremecido aún por el horror de sus visiones, fue hacia ella.

Estaba pálido, tan pálido, que Ada tuvo miedo:

—¡Oh, amigo mío! ¿Estáis enfermo?

—Del cuerpo no. El alma ¿qué queréis? no es dócil al dolor.

Ella bajó la frente, como creyendo percibir en esa frase el eco de un reproche, y añadió:

—Todos sufrimos, querido mío, es necesario tener valor.

La banalidad de ese consejo la empequeñeció a sus ojos, y lo hizo sonreír.

—¿Es que la mujer es irredimible en la trivialidad, y aun en el momento más grave exhibo esta atroz simplicidad del corazón, que es una vulgaridad? Dijo para sí, y calló sin responder a su amiga.

El dolor hace injusto, y aun el alma más noble tiene esos momentos de egoísmo cruel en que siente la necesidad de hacer sufrir al ser amado, ¿por qué? ¡porque se sufre, y el hombre es por su naturaleza perverso y brutal!

Ada sufría. Su alma de ternura y de piedad, se olvidaba de sus propios dolores, para pensar en los dolores del Amado.

Él deslizó su brazo bajo el brazo de ella, y avanzaron por la Avenida silenciosa...

—¡Cuan buena sois en haber venido! ¡Tenía tanta necesidad de veros, de estar a vuestro lado, de deciros cuánto os amo y cuánto sufro!

—¿Me guardáis aún rencor?

—No, antes deseaba pediros perdón; fui tan brutal...

—No, amigo mío. Fuisteis sincero. La pasión es así.

—La mujer se convence, no se vence. La fuerza nada puede sobre ella.

—Es verdad.

—Sólo el Amor la vence, y el amor, como el respeto, se inspiran, no se decretan.

—Hugo...

—La insensibilidad es la virtud, no es el Amor.

—Ah, mi amigo, no seáis cruel...

—¿No dais a Pigmalión siquiera el derecho de quejarse ante la impotencia de su esfuerzo?

—¿Por qué confundís siempre la sensibilidad con la sensualidad? ¿Cómo es posible que un espíritu tan levantado como el vuestro, sólo en el amor no piense ni sienta alto?

—Ada, no teoricemos, porque podríamos disgustarnos. El Amor se siente, no se discute. Amor que raciocina no es Amor.

Ella calló, temiendo exaltarlo, porque veía algo anormal en aquella alma soberbia, y pensó con angustia en lo que tenía que decirle, en la penosa exigencia que tenía que hacerle, en la revelación del nuevo escollo que se alzaba ante ellos.

Y él se sentía invadido por un extraño sentimiento, ante el dolor que iba a causar a aquella pobre mujer, tan noble y tan confiada. Aquel ser asesinado por la vida le inspiraba una ternura tan conmovida y tan profunda, que en esos momentos él no conocía su propio corazón. ¡Algo como un viento de vida pasaba por esa tumba!

Y el sepulcro florecía.

—Yo te amo, le dijo, con un acento tan sentido, que ella alzó la cabeza sorprendida y radiante.

Nunca acento tan profundo de pasión había brotado de sus labios, nunca se había sentido hablar así, con tan emocionante ternura, con tan sincero amor.

El alma de la mujer no se engaña a ese respecto.

Sabe siempre qué especie de sentimiento inspira.

Gracias, gracias, ¡oh, mi Amado! murmuró, con un fuego inmenso de pasión, ella también, en los ojos y en la voz.

Y un rayo de ventura lució sobre aquellas dos almas, que olvidaron por un momento la visión inevitable del desastre.

Y hablaron de su amor, como dos adolescentes que desfloran con sus labios la palabra inviolada del Misterio.

Y caminaban lentamente, como mecidos al ritmo de sus recuerdos, cual si arrullasen su ilusión, y temiesen despertar a la realidad dolorosa de la vida.

Las copas de los árboles se perfilan en relieve bajo el cielo pálido, como sobre un horizonte lunar, en un campo infinito de Esperanza.

En el silencio, en la majestad de los viejos troncos, había profundidades de sombra, donde rayos de sol venían a iluminar la agonía de las violetas y el último amor de los convólvulos salvajes.

En la masa palpitante del follaje amarillo, cantor de la muerte de las hojas, las flores de los tilos, alfombrando el suelo, hacían extraños dibujos, como bajo el dictado de un tapicero excéntrico, artista de arabescos raros.

Y en el pálido misterio de los bosques, en la paz virginal de la mañana, la saya malva de Ada, su cabellera blonda, que bajo la caricia del sol semejaba un arroyo de oro, vertían el esplendor radioso que las Magdalenas y las vírgenes de los cuadros tienen en las capillas silenciosas, al beso de la luz auroral, amortiguada en el paisaje de los vidrios góticos.

En la policromía sedosa del paisaje las rosas ponían su sonrisa pálida de vírgenes novicias. Tristes rosas otoñales, las últimas de la estación, abrían en los senderos sus corolas mustias y parecían murmurar con el estremecimiento de sus pétalos, tocados del frío de la muerte próxima: he ahí el Amor que pasa...

Sus corazones en duelo se abrían como esas flores, al beso de la naturaleza y la mañana, y apoyados el uno en el otro, parecían desafiar la vida con su amor.

Se detuvieron un momento en la Fuente de los caballos.

Él tuvo miedo, miedo de la visión del agua, de esa agua pálida, en cuyo fondo se movía el rostro de la querida inevitable que lo llamaba. ¿Por qué la muerte se había enamorado de él?

¿Por qué él la amaba?

Y miró a la Amada, como si buscase en ella la luz de la vida, en aquel seno, refugio de su angustia, donde se guarecía del naufragio aterrador.

Y la hallaba incomparable, flor de gracia y de belleza, radiosa de pureza y de luz, en el esplendor autumnal de sus formas odorantes. La crinera rubia de su cabellera irradiaba con la majestad agresiva de un incendio. Sus ojos, color de sueño y de Otoño, se impregnaban de la ternura, como una bruma tenue y misteriosa. En su garganta admirable, en la opulenta firmeza de su busto, en sus caderas modeladas, en toda su persona, rebosaban la juventud, la belleza y la vida.

—¡Cuánto te amo! repitió él, con una voz un poco velada.

Adaljisa tembló ante aquel acento. Esa era la voz conocida, voz temible, voz temible, la del deseo... Allí no había hablado el alma, como hacía poco. Volvía a hablar el cuerpo. ¡Oh, lo Inevitable!

Y ella se hizo triste, en su dulzura angelical, inagotable, una palidez tenue cubrió el satín de su rostro, y una llama de inquietud brilló en el verde candoroso de sus ojos irresistibles.

—Háblame al alma, ¡oh Amado mío! háblame al alma, decía la pobre soñadora, que se empeñaba en quedar la novia mística de aquel poema sombrío.

—Yo te amo mucho, mucho, volvió a murmurar muy paso, estrechando las manos eucarísticas, e inclinándose con los labios tendidos hacia el ritmo armonioso de las formas de la Amiga. Y la cabeza blonda se volvió, para ofrecer el cáliz de sus labios al ardor del beso amante.

¡Horas que hacen sol para toda una vida!... Su inmortalidad viene de su sinceridad.

Sus almas se exaltaron de encanto y de quimera, en la felicidad maravillosa de la hora fugitiva, y las manos en las manos, los labios en los labios adorados, en la caricia febricitante del momento, se extasiaban, forjando en el miraje el arabesco luminoso de su amor...

Su propia emoción los hacía silenciosos. Y, sin embargo, ¡querían decirse tantas cosas!...

Y callaban, como temiendo romper el encanto de aquella hora de felicidad.

Se sentían como espiados por el Destino, y se hacían avaros de los instantes de su ventura frágil.

Y callaban, como temiendo matar aquel minuto de ensueño.

En esa hora de tregua, en ese aislamiento del mundo, sus

corazones se besaban, como náufragos que se abrazan antes de ser engullidos por las olas.

Algo fraternal y puro gemía en ellos, en esa hora de soledad, tan dulce a los atormentados de la vida.

Y bendecían esa hora de ventura y temían que la palabra rompiera el sortilegio.

Y, sin embargo, ¡tenían tanto que decirse!...

Se habían sentado en un banco a la sombra de los sauces melancólicos, que inclinaban sobre ellos sus cabelleras llorosas de catecúmenos adolescentes.

Absortos en la emoción del silencio, parecían escuchar el tumulto de las hojas, el vago cuchicheo de los insectos, el ruido de los reptiles bajo el follaje encubridor... Escuchaban su propio pensamiento, la confesión dolorosa, que iba a salir de sus corazones desgarrados.

Ella fue más valerosa. Posó la mano por su cabeza, y las pedrerías de sus dedos centellearon en el oro salvaje de su cabellera. El terciopelo de sus ojos se hizo sombrío bajo el velo de la angustia, y con voz que ocultaba mal toda la dolorosa ansiedad de su alma, le dijo:

—¿Sabéis que el conde me ha escrito?

—¿De veras?

—Sí.

—Os felicito, mi querida amiga.

—No os burléis. Es algo muy grave.

—¿Os ama de nuevo?

—Sed serio, amigo mío. El asunto interesa a nuestra felicidad.

Él la miró honda, profundamente, sus miradas se hundían como garras en el alma de Ada, para sacar fuera la confesión que apenas asomaba.

—No comprendo.

—Ah, yo comprendo demasiado. La malignidad humana es inagotable. Nuestro medio social es medio de murmuración y de chismes, y al conde han llegado rumores inquietantes sobre nuestras relaciones. He ahí por qué me escribe esta carta, haciendo llamada a mi Amor maternal para imponerme el no recibiros más en mi casa, y termina por notificarme que si no le obedezco, apelará a la ley, para arrebatarme la guarda de mi hija y separarme de ella. Y, luego, lo que es más infame aún, me amenaza con hacerme una querella por adulterio...

Y, la pobre mujer bajó la frente, como si las alas de todos los escándalos vibraran sobre ella, y su mirada diáfana se cubrió con las sombras de la angustia.

Él no respondió nada.

—Y mi hija, ella también, ha tenido conmigo un coloquio, ayer. Ha venido a suplicarme lo mismo que su padre exige; ¡la pobre niña! ha venido llorando a mostrarme la carta en la cual, Guido y sus padres, nuestros primos los de Sparventa, exigen para realizar el matrimonio con Irma que yo desarme la maledicencia, cesando toda relación con vos.

—¿Y, qué habéis respondido?

—¿Yo? Nada aún. Esperaba veros, consultaros, dijo la pobre mujer, que se crispaba bajo la angustia, como una flor en la borrasca.

¿Y creéis necesario satisfacer a vuestro nobilísimo esposo, a vuestra amantísima hija, a los nobles señores de Sparventa?, añadió él con una actitud mal contenida.

—Amigo mío, se trata de la felicidad de mi hija...

Hacéis bien en creer en la Providencia. Ella va al encuentro de vuestros designios. Justamente en este caso, ella viene a allanar todas las dificultades, a volveros, por caminos inesperados, la tranquilidad de vuestro hogar, el afecto de vuestro esposo y vuestra hija.

—¡Hugo!

—Sí, amiga mía. Yo venía a deciros algo, que, dadas las circunstancias actuales, os será gratísimo.

—Decid.

—Sabéis que yo me debo a mi país, como vos a vuestra familia. Nuestros deberes son diferentes en apariencia, pero son uno mismo en esencia; se llaman: el sacrificio. Vuestra hija os llama al deber, mi patria me llama al mío. Tengamos el valor de cumplirlo. Id hacia vuestro deber; yo voy hacia el mío; vos hacia vuestra familia, yo hacia mi patria.

—¿Qué decís?

—Decía que debo partir, y partiré.

—¿Partir vos? ¿Dejarme sola, abandonada, en medio de la desgracia que me acosa? dijo ella con un gemido, tomando las dos manos de su amigo, mirándolo en los ojos y echando hacia atrás su cabeza blonda, con un gesto de una sacerdotisa en éxtasis. La luz de sus cabellos de oro, el fulgor de sus ojos admirables, se ahogaban en una bruma sombría, como bajo un viento de locura, en pleno vértigo de angustia, y de dolor.

—¿Y el deber?

—¿Y es vuestro deber asesinarme?

—Amiga mía ¿y vuestra ventura, y la ventura de vuestra hija que invocabais en este instante? dijo él con una crueldad tan inútil como innoble.

Ella no respondió. Los ojos enloquecidos, como si viese la ronda de sus sueños huir despavoridos, temblaba, pálida, inmóvil, como si fuese a enloquecer o a morir.

—Ada, le gritó él, asaltado de ese temor de la parálisis o la locura, que lo asustaba siempre que en horas de dolor, la veía debatirse así, bajo la garra de la herencia fatal.

Ella volvió a mirarlo, como hebetada, cual si soñase, pero luego, tornando a la realidad de su dolor, inclinó sobre sus manos su cabeza de corola, y lloró con desesperación... Y, temblaba bajo su cabellera de ondas salvajes, donde el Amado no ensayaba ya sumergir sus manos ni sus labios.

Y volviendo a mirarlo luego, exclamó:

—Partir, dejarme, asesinarme así, ¡oh, por piedad! dime, ¿qué os he hecho yo?

—Pero, ¿no veníais a proponérmelo?

—Ah, no, yo venía solamente a buscar consuelo y fuerza en vos, a contaros mi dolor, pero no para que lo aumentarais, a mostraros mis enemigos, pero no para que huyerais ante ellos. ¡Ah, sois muy cruel, muy cruel, amigo mío!

—Pero, si es tan imposible veros, ¿con qué objeto he de quedar yo aquí?

—Y, ¿sólo en mi casa podremos vernos? y ¿no tenéis la vuestra? Entonces ¿por qué torturarme así? ¡Ah, amigo mío, no me abandonéis, no me abandonéis! Tened piedad de mí. Todo en la vida me es hostil, todo, hasta mi hija, y ¿vos también? ¿es que todos los amores me han mentido al mismo tiempo? Y el vuestro, que era la vida ¿por qué me falta? dijo, y prorrumpió a llorar de nuevo con tanta amargura, que él se sintió conmovido de una piedad desbordante y fraternal.

—No lloréis así, no dudéis de mi amor, dijo, y le ciñó el talle con un brazo, y la trajo dulcemente contra su corazón.

Y la cabeza blonda cayó sobre el hombro amigo como ofrecida a los besos ardorosos del Amado.

—¡Oh, decidme que me engaño, amigo mío, decidme que me amáis, que es un sueño lo que he oído, que no pensáis abandonarme, que mi desgracia no os da miedo, que no partiréis!...

Y se colgó al cuello del joven, sin temor a que pudieran ser vistos en la grande Avenida silenciosa, donde las copas de los árboles se perfilaban en la palidez gris de la mañana, como siluetas de rocas desmesuradas en un lago hiperbólico, y tamizaban una luz pálida como las nubes y las rosas.

Y él fue cobarde, y prometió quedar.

Y el silencio cayó entre ellos, como una montaña, y sus almas volaron a regiones opuestas, bañadas de extraños soles, y quedaron como vagando en un mar de sueños, más allá de cuyas riberas se extendía la infinita inquietud... el país ignoto, el pavor de lo desconocido irremediable... La inquietud sorda que minaba su ventura, se oía como sonar en aquel silencio lúgubre.

Tenían como miedo a las palabras.

Ella lloraba silenciosa.

Él la veía llorar, sin consolarla. Sabía que no tenía ventura para aquella alma en naufragio. Y así permanecieron mudos en la angustia engrandeciente de sus corazones, en la triste visión de la catástrofe inevitable.

Ada fue la primera en ponerse en pie.

Y anduvieron lúgubres, silenciosos, en la mañana, hecha negra para sus almas desoladas.

Al llegar al arco de la Avenida central, donde una estatua rota ostenta la desnudez de sus formas mutiladas, sintieron el galope de un caballo, que venía sobre ellos. Se apartaron para dejarlo pasar.

El jinete detuvo el paso de la bestia, y los miró, agresivo y tenaz: era el conde Larti.

Hugo Vial llevó la mano a su revólver y avanzó hacia el conde.

Ada lanzó un grito, y se reclinó contra la muralla de piedra, que allí bordea el parque.

El conde vio brillar la muerte en los ojos de su rival, porque espoleando su caballo desapareció rápidamente.

—¡Dios mío! ¡Dios mío! murmuró Ada, viendo la palidez asesina, la ferocidad sombría, que había cubierto el rostro del Amado.

Este encuentro fatal aumentó en él la cólera hasta la furia, y en ella la tristeza hasta las lágrimas.

Y continuaron así, él hosco y sombrío, ella dolorosa y triste... Ambos como vencidos, como víctimas de algo invisible, de algo innombrable: el secreto del porvenir.

Y así llegaron a la Porta Pinciana, y se separaron sin palabras, sin besos, sin promesas, estrechándose las manos, como anonadados por la angustia del presente, hebetados de horror ante el fantasma del mañana inevitable...

carmíneos horizontes de sangre y destrucción.

¿Era el hamletismo sentimental, que se apoderaba de él?

¿Era que un sensualismo se disolvía en sentimentalismo?

¿Esta crisis de sensibilidad aguda era el enigma de sus nervios el que la producía?

No podría decirlo, pero se sentía triste, de una tristeza agresiva. Su neurosis tomaba la forma de una melancolía morbosa y colérica.

Un rencor insólito rugía en el fondo de su corazón, y despertaba su combatividad dormida.

El quijotismo romántico, que duerme en el alma de todo hombre, y que en él había sido inquieto y guerreador como un cruzado, volvió a alzarse en su corazón, haciendo sonar su armadura enmohecida.

Aquella mujer, prisionera en el irreparable pasado como en una fortaleza, encadenada por la ley, espiada y perseguida por el marido, torturada por la hija, ¿no era bastante a conmover su alma, hecha a la lucha incansable de las supremas liberaciones?

Y, ¿qué podía hacer él?

La ley no podía abolirla, a la hija no podía castigarla.

Era al marido al único a quien podía alcanzar su mano justiciera.

Pero, ¿cómo abofetearlo, cómo llevarlo al terreno del combate, sin que la sociedad se diera cuenta del verdadero móvil de aquella provocación, sin que la suspicacia encontrara modo de herir a la esposa, ya tocada por la murmuración aleve?

Tal era el dilema.

El conde y él se habían mirado cara a cara en la Villa Borghese, y todo el odio de sus almas, asomado a sus ojos, había tenido un duelo de un minuto.

El marido había leído la provocación a muerte en los ojos del amante, y la había rehuido entonces. Pero se encontrarían.

Eso era irremediable. Eso tenía que ser. Eso sería.

Él lo necesitaba.

Nervioso, febricitante, no pensó ya sino en el momento de verse frente a frente del conde Larti, de poder ofenderlo con una de esas ofensas irremediables, que llaman la Muerte, de poder llevarlo al terreno del combate, clavándole los ojos en los oídos, poder ponerle una espada sobre el corazón, y verlo agonizar bajo ella.

Toda la sangre de su estirpe guerrera y belicosa le subía al cerebro y veía rojo en un limbo de visiones sangrientas y asesinas.

Dominó su cólera como dominaba todas sus pasiones, este extraño domador hercúleo, y se encerró en su cuarto, lamentando en su gran duelo no poder reposar, como sobre un escudo, su cabeza leonina en el seno divino de su Amada.

Y se durmió vestido, con la imagen de la Venganza al lado, como una querida formidable, que había de despertarlo a la hora del beso prometido.

Y así fue.

Cuando despertó, la luz de los fanales del gas, prendidos en la calle, entraba en su aposento a través de los cristales de un balcón.

Tocó el timbre.

Su camarero se presentó.

—¿Qué hora es?

—Las ocho, señor.

—Enciende luz, y ven a vestirme.

Y se hizo vestir de soirée, y pidió su coche.

Media hora después estaba en una butaca del Olympia, aburriéndose del espectáculo.

Era el público habitual: cocottes de primera clase, casi todas viejas, lujosas y pedantes, algunas, muy pocas, jóvenes y bellas; mozos de buena sociedad, elegantes y serios; jovencitos ruidosos, y candidos en su corrupción prematura, orgullosos de tener al ojal una gardenia y al lado una horizontal; ancianos de vida alegre, teñidos y empolvados, creyendo guardar bajo el afeite el secreto violado de sus años; muchos extranjeros, algunos burgueses ahuris de hallarse como extraviados en aquel sitio de elegancia y de placer. En los palcos, una que otra familia provincial, deseosas de no regresar a su país sin haber visto un Café Concierto.

Fue feliz de no encontrar allí ningún amigo suyo.

Cuando Leda Nolly hubo concluido su última canción entre los aplausos frenéticos de los hombres, ebrios con la lascivia de sus frases, los movimientos felinos de su cuerpo, y el fulgor perverso de sus ojos tenebrosos, Hugo Vial se dirigió al cuarto de la artista.

El conde Larti estaba ya en él.

Al ver a Hugo, la cantante tuvo miedo.

La palidez de aquel rostro, doloroso y cruel, el rictus de su boca, donde parecía aletear encadenado el insulto; la mirada de sus ojos provocadores, todo indicaba en él un estado de ánimo tan violento, que hizo temblar a Leda, conocedora de la furia fría y salvaje de aquel carácter, que había domado tantas veces sus ímpetus de loca.

No hubo preámbulo ninguno en el encuentro.

Los dos nombres se miraron, como dos enemigos que se esperan.

—Caballero, dijo Hugo Vial sin miramiento alguno, salid de aquí, necesito estar solo con esta mujer; y le mostró la puerta con el gesto imperioso de quien expulsa un lacayo.

El conde no esperaba tal violencia en la agresión, pero viejo vividor, dijo sin desconcertarse:

—Yo no recibo órdenes de nadie. Cuidad si no os hago salir yo.

Abandonando los grandes gestos guerreros que le eran habitudes, y en los cuales palpitaba toda el alma de su raza, Hugo se aproximó al conde, y con la frialdad más agresiva, con el más insultante desdén, le dijo:

—Esta mujer es mi querida, y no tiene necesidad de un rufián. Vuestros oficios de souteneur están de más aquí. Esta mujer no es la Banca de... y no podréis explotarla. Nada hace aquí vuestra habilidad de estafador patentado.

—¡Miserable!, exclamó el conde, avanzando sobre Hugo con -a furia asesina de todos los corsarios malteses, de los cuales descendía.

Un ruido seco, como de algo que se rompe, se escuchó en la estancia, y el conde vaciló sobre sus pies al golpe de un bofetón en pleno rostro.

Ante la magnitud del insulto, el conde se transfiguró, el hombre de honor apareció en él, y pálido, desdeñoso, dijo, mirando a Hugo, que había llevado la mano al bolsillo del revólver:

—No, no me mataréis aquí. Si sois un asesino, pagaréis cara la vida. Sé quién os manda a matarme.

—Mentís.

—Los insultos están de más, dijo el conde, arrojando su tarjeta sobre una mesa.

Y se alejó con una serenidad lúgubre.

El incidente había sido por tal motivo tan rápido, que Leda no había podido interponerse entre los dos hombres.

Cuando el conde hubo salido, Hugo se volvió a la artista, inmutable, frío.

—Ahora, le dijo, debiera matarte a ti antes de ser muerto o de matar mañana a ese hombre.

Leda no respondió. Tenía miedo de aquella mirada, de aquel revólver, cuyo cabo había visto brillar, acariciado por la mano de Vial cuando el conde había querido lanzarse sobre él.

—Oye bien, continuó Hugo. Tú has sido y eres la cómplice de ese monstruo para el tormento de una mártir. Yo te perdono lo que puedas hacerme a mí. No te perdonaré nunca lo que hagas a ella. Cualquiera que sea el resultado de este duelo, si persistes en su infamia, yo te castigaré. No te haré encerrar en una prisión, como me sería fácil hacerlo. No te haré silbar por un público pago. No te haré enterrar en una guerra de diarios. Todo eso es indigno de mí. Pero te haré someter a un examen médico, y te haré encerrar en un manicomio. Tengo en mi poder las dos atestaciones de Poncio y Drenna, los dos médicos que te asistieron desde niña, y ellos aseguran tu absoluto desequilibrio mental. Y, tengo la autorización legal de tu abuelo, el duque de Camportelazzo, para hacerte recluir en una casa de corrección en nombre de tu familia que deshonras. Ya ves que estás en mis manos. ¿Lo comprendes?

Leda se había tornado lívida, y temblaba con una inmensa angustia en la mirada.

La locura era su pesadilla, era su endriago. Se sentía amenazada, si no atacada de ella, y vivía sobrecogida de espanto ante el fantasma aterrador.

Ver que aquel hombre, su antiguo amigo y protector, se unía a su familia para perseguirla, le daba un dolor innombrado, un miedo cerval.

—Ya sabes, pues, la condesa irá al Buen Pastor, a la cárcel, pero tú irás a la Palazzina, al manicomio.

Leda no lo oía. Absorta ante la visión de la locura, sollozaba, como si se debatiese ya bajo las garras del espectro formidable.

Hugo se retiró sin despedirse, sin sacarla de aquel hebetamiento sombrío,

Cuando llegó a su casa, se sentía satisfecho, cuasi feliz.

Toda la ferocidad de sus instintos vibraba en él, como una fanfarria guerrera.

Su amor se alzaba como en una transfiguración terrible, en el seno de una nube roja, roja como un corazón sacado del pecho, palpitante y sangriento.

¡Y, la venganza le fingía mirajes carmíneos, interminables pampas purpúreas, en las cuales, a la luz de una luna espectral, cabalgaba la Muerte!

la noche de la Muerte, Imperio ilimitado.

La sombra prolongaba su imperio sobre el cielo.

Rebelde a huir de aquel lecho perfumado de rosas y amarantos, la gran Maga Negra se envolvía en su manto de nieblas. Y el valle se dormía en los brazos perniciosos y pálidos de la noche, una noche tardía, que se empeñaba en usurpar su reino al cándido esplendor de la mañana.

Eran las seis cuando Hugo Vial salió de su casa, y la cerrazón de la niebla era tan espesa, que no se veía nada en la calle húmeda y fría, donde las luces del gas parpadeaban, como ojos de ebrios, vencidos por el sueño.

Se hizo conducir hacia el Gianicolo.

En la puerta de San Pangrazio dejó el coche, indicando a su cochero dónde debía ir a esperarlo.

Con aquella ascensión despistaba todas las suposiciones.

Atravesó a pie la passeggiata Margherita, que dormía silenciosa en el encanto de las aguas y las hojas, y en cuyos umbríos esmaltes de frescura extendían guirnaldas de nieblas invernales.

Su alma estaba gozosa, con un sentimiento semejante al que lo había poseído cuando, adolescente, cuasi un niño, había ido a batallas sangrientas, en las lidias bravías de su país; un sentimiento de liberación, cuasi de amor al peligro y a la muerte.

Principiaba ya a clarear el cielo, cuando apareció ante él la Fontana Paolina, diseñando en el aire límpido sus columnas de granito rojo, que se reflejaban en su basca, como rayos de sol poniente en la concha perlácea de un nautilo, y sobre las aguas y los mármoles vagaban las nieblas y el rocío, como bordados de altares, al resplandor de cirios invisibles.

Vibraba una luz mística en el blanco y azul del cielo, de una palidez grave, en la tristeza de sus colores indecisos.

Llegado a la explanada de San Pietro in Montorio, se reclinó en su balaustrada y se absorbió en la contemplación del panorama, ante el miraje de Belleza y de Antigüedad y de Gloria, que surgía como un vapor, de aquella ciudad y de aquel valle, dormidos en las nieblas, a sus pies.

El llano, en ondulaciones de ola, iba a perderse en el mar-el sol naciente plateaba los flancos de las montañas nevadas; la aurora doraba las cimas brumosas; la llanura mostraba los pórticos devastados en el trágico duelo de su ruina; acá y allá, manchas de árboles como modelados por el viento, en forma de esqueletos, con sus ramas desnudas, semejando mástiles de buques encallados, rota su arboladura en la tormenta; más lejos la selva se extendía como una mar furiosa; su voz trágica gemía; y cerca, bajo sus pies, la ciudad sibilina, como muerta a la sombra violada de sus muros; y sobre todo eso, el alba extendiendo una luz dulce, como de luna, sobre la superficie fluida de un lago de acero.

Como islotes fantásticos en un mar boreal, el Coliseo, la columna Trajana, la de Marco Aurelio, la Basílica de Constantino, la Torre di Nerone, la Pirámide di Sesto, diseñaban sus siluetas negras en la superficie ondeante y láctea de la niebla.

Como bandadas de aves somnolientas, abriendo las alas a la aurora, las trescientas cúpulas de las iglesias romanas alzaban en la perspectiva el atrevimiento de sus moles, bajo los pórticos de laca y las brumas fugitivas, mientras los campanarios parecían temblar, como tallos de flores, en el vago espejismo de la niebla, alzando como pistilos sus flechas de oro en la gravedad radiosa del cielo opalescente. San Paolo, rojo y multicolor, como un himno de mármoles, alzaba en la llanura su masa policroma, espléndida y desnuda, a los besos triunfales del sol que despuntaba; Santa Sabina y Santa María del Priorato parecían alzarse en el Aventino, como fortalezas, cual si llamasen a la libertad a los esclavos rebeldes, cual si se diseñase sobre sus torres el fantasma sangriento de Espartaco; la Trinitá dei Monti, sobre su nido de piedra. Y más allá, las arboledas del Pindó obscuras, odorantes, proyectando sus árboles sombríos, como cisnes negros, que erizaban sobre un estanque helado las salvajes tinieblas de sus alas.

La campana de San Pietro in Montorio, que sonó detrás de él, lo llamó de nuevo a la realidad de la vida.

Era la hora de bajar a Sant' Onofrio. Y así lo hizo.

Y llegado al árbol, a cuya sombra el Tasso sollozó las tristezas de su gloria, allí, cerca a la Abadía donde expiró, y en la cuya iglesia reposan sus restos para siempre, se sentó, y meditó él también, poeta peregrino y abrumado, combatiente también, como los héroes que cantara el poeta enloquecido.

El encanto grave de la hora y del paisaje, de nuevo lo absorbieron.

¡Oh Roma! ¡Oh Roma! ¡Sibila formidable, qué de cosas murmura en el oído tu voz por los siglos fatigada! ¡Sirena irresistible de las ruinas!, ¿quién no escucha tus quejas? ¿quién no llora la inmensa majestad de tus tristezas? ¿Dónde, en tu suelo venerado, dónde se pone el pie, que no levante polvo sagrado? ¿dónde, en tu horizonte inmortal, dónde se fijan los ojos, que una visión de gloria no aparezca?

Bien pronto llegaron sus padrinos. Eran un Secretario de Embajada y un Coronel de infantería, amigos suyos.

Descendieron los tres bajo la mirada piadosa de un monje taciturno, a quien inquietaba la aparición matinal de esos extraños paseadores.

Y, cuando los perdió de vista, el monje alzó los ojos al cielo, sus labios se movieron en oración, cruzó las manos sobre el pecho, y entró al templo salmodiando.

¡Acaso ofició, pensando que la muerte se cernía en aquel paraje! ¡Acaso oró por el alma de aquellos desconocidos, que iban tal vez hacia la tumba!...

El Jardín de los Poetas se extiende al pie del Gianicolo, inculto, misterioso, en su fondo de verdura, en la espesura salvaje de sus hojas, con una alfombra de corolas muertas, como las alas de mariposas despedazadas por el viento.

Es propiedad particular, y fue con un engaño que uno de los testigos del conde logró conseguir la llave.

Una vez cerrada la verja, estuvo la escasa comitiva a cubierto de miradas indiscretas.

Los coches esperaban lejos, en la Vía de la Lungara.

La mañana fría, de un frío intenso, hacía tétrico aquel jardín abandonado. Pinos deshojados, cipreses lúgubres, arbustos endebles, rosales muertos bajo el rigor del invierno prematuro. Ni una flor, ni un matiz de vida, ni un rumor de fuente, ni el canto de un pájaro en la fronda.

He aquí el Huerto de la Muerte, dijo para sí Hugo Vial, entrando en él, asombrado ante la desolación de aquel paraje.

El conde era un duelista ameritado. A diario se batía por cuestiones de prensa y de política, que él se empeñaba en llamar de honor, con la misma insistencia con que los monarcas destronados ponen sobre sus cartas de visita el nombre de los territorios que han perdido.

Hugo Vial no se había batido sino tres veces, y siempre con hombres tan versados como él en el manejo de las armas.

Era la primera vez que un profesional del duelo, un maestro de la esgrima, era su adversario.

Eso no lo intimidaba. Su odio formaba su valor. Su desprecio por la vida era su escudo contra la muerte.

El conde, alto, musculado, fuerte, dominaba con su estatura a Vial, pequeño, endeble, nervioso.

El combate comenzó como entre gente técnica, por pases y repases cuasi fiorituras, en que los dos adversarios se medían.

El conde era violento, Hugo Vial era sereno.

Así se vio desde el principio.

El conde era el ofendido: eso lo enardecía.

El recuerdo de la ofensa, la vista de esa mano que lo había abofeteado, triplicaban su coraje.

Al fin de diez minutos, el encarnizamiento de las espadas había sido inútil.

Los testigos ordenaron unos instantes de reposo.

Hugo se había mantenido cuasi a la defensiva, con la esperanza de fatigar a su contrario, y en el momento preciso, cambiando de juego, ir a fondo y darle el golpe al flanco, que había aprendido de un Maestro griego, en una sala de armas de New York.

El conde estaba impaciente, nervioso.

No haber podido desarmar y matar a aquel extranjero, a aquel rival que lo deshonraba y deshonraba su nombre, aquel que lo había abofeteado y le había escupido al rostro la palabra infame de trufattore, lo exasperaba.

Así, el combate se reanudó, violento, como entre dos individuos dispuestos a darle un fin sangriento.

Hugo Vial empezó a perder terreno, arrollado por el ímpetu del conde, y el florete fatigaba ya su mano débil.

Entonces, miró fijamente a su contrario con esa mirada cuasi hipnotizadora, que dominaba aun a las bestias, y sin dejarlo de aquella fascinación, hizo dos pases de defensa, y se fue a fondo.

Sintió que la hoja de su espada se deslizaba, como prolongándose y comprendiendo que entraba en carne del contrario, avanzó el cuerpo para ultimarlo.

A este movimiento indebido, tropezó con la hoja del conde, aún tendida hacia él, y sintió que le desgarraba el antebrazo y tocaba el pecho.

Felizmente, el conde desfalleciente, a fin de fuerzas, cerró los ojos, giró sobre sus talones y cayó al suelo.

Hugo Vial tuvo fuerza para ver caer a su adversario, de cuyo pecho brotaba un mar de sangre, y cuyo rostro lívido tenía la contracción suprema del dolor.

Luego sintió como si aquel herido, aquellos árboles, aquel muro, aquel horizonte, todo se desvaneciera a su vista, y perdiendo la noción de las cosas, sintió la impresión de hundirse bajo el agua, en el silencio, en la calma, en nimbos infinitos: en la muerte...

Y su alma viajó más allá de la vida en el seno de la Nada...

el alba de la Vida, radiante de esplendor.

El despertar fue apacible y brumoso. Una vuelta a la vida, inconsciente y suave; el regreso de un viaje muy lejano; el despertar de un sueño sin recuerdos.

Hugo Vial abrió los ojos en su propio lecho, en medio de una luz discreta, en una atmósfera saturada de sales y substancias extrañas. Pero no se dio cuenta de ello.

Paseó una mirada perezosa y lenta por toda su estancia, deteniéndose complacido en sus muebles y objetos familiares. Tenía ese amor que los solitarios poseen por el alma de las cosas que les hacen compañía. Un objeto de su uso, era un servidor fiel, a quien quería; un recuerdo de familia, era un hermano de su alma, a quien amaba; una sortija de las suyas, rara y caprichosa, era una querida letrada, que le hablaba de arte antiguo; sus frascos de perfume, eran como almas de sus poetas preferidos, que murmuraban para él solo rimas únicas en la muda vibración de sus ondas olorosas; las flores, eran cortesanas de un día, para las cuales tenía asiduidades de amante romántico, y gustaba deshojar sus pétalos en la noche, a una luz velada, herméticamente cerradas las puertas, para que el perfume no se evaporara: el perfume es el beso de las flores. Y dormía en aquel cementerio de corolas, como un sultán en un harén de vírgenes violadas. Para él no había placer igual a devorar, pétalo por pétalo, una rosa; con la voluptuosidad cruel de un tigre que devora una gacela, sentía como llorar la flor, y le parecía que su olor le perfumaba el alma. Los espejos, eran puertas abiertas sobre el miraje; evocaban a su antojo los horizontes más diversos y prolongaban su visión más allá del mundo real. Los cuadros vivían, para él, una vida viva, y las cabezas y bustos de mujeres, que adornaban su estancia, eran almas que le contaban el dolor o la dicha de su vida, corazones abiertos ante él, una clínica de almas, de la cual él solo era el médico; las consolaba, las apaciguaba, les concedía hasta días de nervios a aquellas telas queridas; las había comprado por la expresión de sus rostros, por la tristeza, por el dolor, por la alegría, por el impudor que revelaban; había vírgenes y bacantes, rostros de éxtasis y rostros ebrios; cabezas con hiedras perfumadas; novicias y cortesanas; mendigas y reinas. Una Mignon; la más encantadora cabeza bohemia, el más ideal rostro de niña hambrienta e impúber, ostentaba su flacura demacrada entre una Emperatriz, ya muerta, que había sido una obsesión de su lascivia, y un rostro ascético de monja ya madura, que miraba con envidia los senos cuasi desnudos de la Augusta coronada. Y, como toda reunión de mujeres, aquellos cuadros se odiaban entre sí; había miradas de odio, de cólera, de envidia, de celos, en todos aquellos ojos encantadores y perversos. Había mañanas en que ¡e parecía que algunas de ellas habían Dorado, otras estaban tristes, otras tenían ojeras violáceas, pecaminosas; y entonces abría las ventanas, para que entrara el sol a besarlas, el aire a acariciarlas, ¡las pobres enclaustradas adorables! y las dejaba libres, que sus almas volaran al encuentro de su sueño.

Los instrumentos de música tenían el alma de sus tocadores, como suspendida a sus cuerdas, y preludiaban sólo para él, conciertos íntimos. Eran tres, clavados en la pared, en forma de escudo: una guzla mora que había comprado en Tánger, un tamboril, comprado en la Exposición de la India en Londres, y una vieja guitarra de su país que le había dejado un amigo de la juventud, poeta bohemio, muerto en un hospital, en un país limítrofe al suyo. ¡Qué orquesta fantasmal y múltiple, eran esos tres instrumentos mudos!... Las noches de su soirée filarmónica, las luces extinguidas, tendido en un sofá, las almas de esas tres cosas muertas venían a deleitarlo.

La guzla parecía desprenderse del muro y una forma blanca, muy blanca, como envuelta en un sudario, principiaba a templarla, mientras las facciones de un rostro moreno, con un brazo naciente, con dos ojos de antílope, ternísimos, se diseñaban entre el fez, bajo el turbante, y una voz triste, monótona, grave, como la queja del desierto, modulaba endechas extrañas, a cuyo conjuro parecían alzarse en el horizonte minaretes y mezquitas, agimeces y jardines, y tras una reja negra, aparecer un rostro circasiano, con ojos de gacela, que mandaba de sus labios, de sus labios de jacintos, besos apasionados al amante trovador.

Y, el tamboril tenía un sonido ronco de himno de guerra salvaje, entre las manos de ébano de una virgen nubia, cuyas formas de Venus Calipigia se contorsionaban provocadoras y terribles en una danza de guerra, embriagada de coraje, golpeando su seno de basalto, de amazona invencible, sus dos pechos amenazantes, como escudos de acero, y sus ancas de quimera de bronce, terminando la danza en un grito ronco, voluptuoso y bélico, semejante al beso de una tigre y al estertor de un moribundo: el beso de una virgen conquistada, violada por el Amor o por la Muerte.

Y la forma de su amigo, de su amigo de infancia, de aquel adolescente soñador, descolgaba la guitarra muda, se sentaba cerca de él, mirándolo con aquellos ojos fraternales y tristes, ¡ojos inolvidables!, y arpegios dulcísimos, y con aquella voz de adolescencia prematura, voz amada que él no había olvidado nunca, empezaba a preludiar serenatas enamoradas, cantos de su país, agrestes y tristes como el canto de un pájaro en la selva, romo el rumor del viento en la floresta... y, al conjuro del mancebo selvático, se alzaban en lontananza los mirajes del país lejano, del brumoso país hostil... Las sabanas infinitas, los cielos límpidos, metálicos, inclementes, y en ese paisaje de acuarela invernal, el pueblo nativo, entre sauces melancólicos, flores odorantes y fuentes rumorosas. Y, más lejos, la casa paterna, la mansión señorial y austera, toda su infancia. ¡Y, las fiestas de la iglesia, y las mozas de la aldea, y el amor, el amor de los quince años, que envenenó por siempre su existencia!...

Y, con la luz del alba, el trovador huía. Y quedaban los instrumentos quietos, y sin voces, clavados en el muro, en medio de los retratos somnolientos.

Era tal su poder de evocación, tan fuerte la vida que daba a sus creaciones, que hacía de su quimera una realidad cuasi palpable.

Hacía muchos años que en la inclemencia de un destierro hostil, le habían comunicado la muerte de su madre. Rebelde aún contra la muerte, se negó a admitir la verdad. No, su madre no había muerto, Era que su madre no podía escribirle. No era huérfano. Después trajo su retrato. Y, desde entonces, vivió en comunión diaria con ella. No salió nunca de su cuarto, no entró nunca en él, sin darle un beso. No se acostó jamás, no fue a su lecho nunca, sin cumplir ese rito sagrado. Y, en su vida de lucha tempestuosa, no intentó nada, no hizo nada, que no fuera dictado por los pálidos labios del retrato.

¡Oh, poder de las almas de los muertos!

¡Oh, el alma infinita de las cosas!...

Así, su primera mirada, al volver a la vida, fue para sus objetos adorados.

Un rayo de sol, pálido y blondo, iluminaba la estancia, arrastrándose por sobre los lirios azules, que bordeaban la alfombra blanca.

En los muros, su harén pictórico lo miraba, los rostros queridos lo veían inquietos, sonriendo al mirar que abría los ojos. Mignon parecía haber llorado ¡la pobre niña! y la reclusa triste, la de los ojos sombríos, tenía un esplendor perverso en las pupilas.

Al frente, el armario de nogal tallado, con sus tres puertas de espejos venecianos, ante el cual acostumbraba vestirse siempre. A la derecha, la cómoda sobre cuyo mármol gris lucían y brillaban la cepillería, los candelabros y los frascos, en plata antigua, cincelado todo por un grande artista florentino; en el ángulo, una chiffonier, encima de la cual, en pequeñas tablillas pintadas al óleo, con grandes marcos antiguos, estaban los retratos de su madre, pálida y triste como una alba de invierno, con su severidad altiva y melancólica, su belleza seria y doliente, su gravedad radiosa de crepúsculo; el de su padre, conservando toda su marcialidad, todo su aire de guerrero tempestuoso, bajo la apacibilidad lúgubre de sus vestidos civiles; y en medio uno suyo en su uniforme diplomático, muy reciente obsequio de un pintor de genio, que había creído halagarlo, pintándolo así, enchamarrado como un general de América, galoneado como un lacayo de casa principesca. Sonrió como siempre que se veía así. Hacia la izquierda, el sofá forrado en tela china, con grandes pájaros acuáticos bordados en oro pálido y suave, que casi se borraba en las perspectivas florecidas de lotos y juncos de ribera; dos cojines, caprichosos y obscuros, que manos cariñosas habían bordado para él; y muy cerca, la chaise longue, sobre cuyas almohadas rojas, de un rojo de llama, reposaba indolente, en la opulencia soberbia de sus formas, el cuerpo de una mujer, apenas dormitada. Su cabeza blonda y maravillosa emergía de la almohada roja, como un sol de ocaso sobre una nube purpúrea. La palidez lilial de su rostro y de su cuello resaltaba en el carmín de los cojines, como un lirio en un mar de sangre; y sus formas de estatua, fuertes, incitantes, se diseñaban bajo su traje verde obscuro, con una exuberancia pudorosa.

La reconoció: era Ada.

En la palidez mortal de su rostro; en sus facciones, martirizadas por la angustia y el insomnio; en el círculo morado que rodeaba sus ojos cerrados, en cuyas pestañas se veía aún la humedad de las lágrimas recientes, había tal aire de desolación y de pena, las huellas de una inquietud tan dolorosa, que invitaban a consolarla, al llegar con respeto hasta su infortunio, como hasta una ara consagrada y besar, como los de una santa, sus manos y su rostro, que emergían del fondo verde de su traje, como de un tallo sagrado las corolas mágicas de flores inmaculadas.

Hugo Vial quiso alzarse, llamarla acaso, ir hacia ella; debió moverse, porque el dolor de su brazo vendado le arrancó un gemido.

Ada abrió sus grandes ojos, de luces tristes, otoñales, y con una premura fraternal fue hacia el enfermo.

Él quiso hablar.

—¡Chist!... , murmuró ella. ¡No habléis, amor mío! estáis muy débil. ¿Vais mejor? dijo, inclinándose sobre el lecho, y acariciando la cabeza del herido con su mano delgada y pálida, cuasi ideal, como arrancada a un cuadro de Madonna de la escuela de Umbría, en tiempos de Perugino.

A esa caricia, el enfermo sintió como si una ola de vida nueva circulara por sus venas: una extraña sensación de ventura; una acalmia bienhechora, y estrechando con su mano libre la mano de su amiga, la miró con tanta intensidad, tan hondo ruego, que ella, comprendiendo lo que deseaba, se inclinó de nuevo sobre él, y apartando la venda que le cubría la frente, puso en ella un beso, beso triste, casto, impecable, como un beso de una madre a un hijo salvado de la muerte.

A la caricia de aquellos labios, al aliento de aquella boca, ánfora inagotable de consuelo, a la presión de aquella mano, suave y temblorosa, como el pecho de una tórtola sorprendida, sintió una beatitud infinita deslizarse por su corazón, una irradiación de ventura en todo su ser, y como en virtud de un sortilegio sus ojos se cerraron; su espíritu apaciguado entró en un limbo radioso de visiones de ventura; el olvido de la vida que envolvió su ser y el sueño de la fiebre le sellaron los labios y los párpados...

Fue tres días después, que supo por Ada misma cómo ella había sabido la trágica noticia, leyéndola en un diario de la tarde.

El periódico hablaba del duelo con detalles muy precisos, lamentando el hecho, dando al conde por herido de muerte, y a su adversario herido de mucha gravedad, y tenía frases reticentes para hablar de aquel encuentro, en que la política estaba de hecho excluida, y no podía atribuirse sino a causas de orden íntimo, y terminaba con insinuaciones de una indiscreción lamentable, en que cuasi se decía el nombre de la artista, en cuyo camarino había tenido lugar la escena inicial del hecho cruento.

Ada no se había engañado. Comprendía bien que la cantante no era sino un pretexto; ella, era la razón verdadera de aquel duelo, ella la que había llevado a aquellos dos hombres al odio, a la venganza y a la muerte.

Y, su corazón de sacrificio y de amor tembló ante la idea del dolor, del peligro y de la muerte, que amenazaban al Amado.

Y, corrió a su casa, y fue hasta él y se postró al pie de su lecho, y restañó su sangre, y vendó sus heridas, y a la cabecera de su cama se estableció solícita como una hermana y contó con angustia indefinible los grados de fiebre, y soportó con un valor estoico las largas, las interminables horas de la vela solitaria...

Y allí estaba, asesinada por la vida, atropellada por el dolor aquella alma sangrienta...

Allí estaba aquel corazón desgarrado, cruzado de dardos como el de la Madre Dolorosa. Allí estaba la pobre mujer, herida por la brutalidad del Destino cruel, por la suerte ilógica y hostil. Y, sus llagas no podían ser vendadas, la sangre de sus heridas no podía ser restañada, corría hacia adentro, hacia adentro, ahogándose lentamente. Allí estaba, resignada y doliente...

Y, viéndola sentía que una piedad infinita invadía su corazón, una tristeza pavorosa ante la inanidad de aquel sacrificio, ante la esterilidad de aquella pasión, que corroía sus corazones.

Y no quería ver el porvenir, y cerraba los ojos y se refugiaba en el seno de la Amada, bajo su caricia piadosa, como bajo un escudo, e imploraba ser amado y esperaba como ser protegido por la grandeza inconmensurable de aquel amor, más grande que la Muerte.

—¡Báseme, bésame, Amada mía! ¡que sienta yo tus labios, fuente inexhausta de la Vida, que los sienta en mi frente y en mi boca! ¡Úngeme con tus besos! ¡Santifícame! Tú, mi Égida amorosa, ¡resucítame!

Y temblaba a la llamada del Amor, como el joven aquel de que habla la Escritura, que lloraba a la llamada del Cristo.

Y ambos se abismaban en la sensación desconocida de este dolor sin nombre.

Esta atmósfera enfebrante de cuarto de convaleciente, cargada de deseos y de éxtasis, los hacía ardientes hasta el delirio, y la majestad del silencio los turbaba hasta el paroxismo, y su voluptuosidad burlada se disolvía en una tristeza amarga y rencorosa.

Y sus conversaciones se hacían melancólicas, y sus besos se hacían tristes, huérfanos de la caricia definitiva.

Una ventura dolorosa les venía de estar solos, de poder decirle su amor, pero hablaban asaltados por una inquietud tremenda: la de violar su secreto, el secreto pavoroso de su angustia.

Y las manos enlazadas, los corazones juntos, permanecían largas horas, como anonadados, en esa atmósfera de enfermedad y de deseos, que penetraba en sus almas y las postraba y, ponía el silencio como un sello, sobre sus labios ardorosos.

En esa reacción dolorosa en que los sumía la embriaguez de sus propios besos ¿en qué pensaban?

En el conmovedor misterio de la estancia, los movimientos de sus cuerpos estremecidos, sus conversaciones tristes y apasionadas, sus caricias lentas y sabias, sus besos enervantes y cuasi brutales, los arrojaban en verdaderas crisis de pasión, en que suspiraban rendidos, quebrantados, bajo la mordedura brutal de los deseos.

El sufrimiento exaspera la voluptuosidad. La caricia hace sufrir a veces, como una garra.

Y el enfermo sentía a la Amada palpitar entre sus brazos, los labios entreabiertos, bajo la caricia de sus labios, los ojos obscurecidos, en éxtasis, las carnes palpitantes de emoción, prontas al sacrificio, y la creía suya, y la estrechaba contra el corazón y ensayaba la caricia suprema en el cuerpo estremecido ... Y, ella escapaba del lecho como loca, y abría el balcón, y se refugiaba en la sombra como si fuese a pedir calma y fuerza a la gran noche taciturna, como si quisiese en la atmósfera límpida bañarse, purificarse de la mancilla de los besos voraces, que la habían quemado como ascuas cuando temblaba bajo el aliento abrasador, al soplo ronco, los abrazos brutales, los gestos violentos, las manos profanadoras del Amado.

¡Oh, las horas ardientes en que se abrazaban a plenos brazos, las bocas unidas, unidos los pechos, los cuerpos uno contra otro, aspirando sus alientos, sintiendo el temblor de sus carnes y el latir de sus arterias, penetrándose del calor de sus cuerpos y la llama brutal de sus deseos!...

Y se separaban inapaciguados, febricitantes, casi coléricos. Como a la muerte de la tarde el azul y la púrpura del cielo se hacen grises, de un gris de ceniza y de sudario, así la felicidad escasa de los besos del día se tornaba en tristeza muda y hosca, cuando la noche llegaba, y por la ventana abierta entraban perfumes húmedos del jardín próximo, y del cielo aún luminoso de la tarde las palpitaciones de las primeras estrellas caían temblando en las semitinieblas del parque, donde se veían, lácteas en la penumbra, como un último fulgor, macetas de rosas blancas perfumar la atmósfera, cayendo lentamente en el suave pudor de su agonía.

...Y sus almas entraban como los cielos en la sombra, y tocaban las rosas las fronteras de la muerte...

Y todo se hacía fantasmal en torno de ellos ...

Y, se inmovilizaban en su dolor, frente a su pasión triste, en el éxtasis amargo de sus sueños de Amor.

Y se refugiaban el uno en el otro, y lloraban en silencio, y temblaban ante el fantasma pavoroso que avanzaba.

¡Oh, lo inevitable! ...

las tardes y las almas hundiéndose en las sombras.

¡Oh, los crepúsculos de este fin de Otoño, en esa cámara de enfermo, entibiecida y perfumada como para un nido de Amor!

¡Oh, los crepúsculos de oro, fulgurantes, a cuya luz difusa, la cabeza radiosa de la Amada se doblegaba como una rosa muerta sobre el hombro del herido, en medio de la caricia de las sombras, en las cuales el beso es la oración!...

¡Oh, los crepúsculos sagrados, que caían como un velo de misterio en la calma adormecida de la estancia, donde las salmodias del deseo preludiaban las nupcias definitivas de las almas!

¡Oh, la caricia embriagadora en la tarde lenta, el silencio en la sombra engrandeciente, el beso casto, que revienta en flor!...

El descenso fue triste, resignado, como la lenta bajada melancólica de dos amantes a un valle muy profundo, en una tarde de Idilio.

Ambos parecían tener miedo del hecho irremediable, tenían como pavor de romper aquel hechizo; parecían comprender que bajo las alas blancas de aquella castidad de mujer se amparaba el solo resto de ventura que les quedaba sobre la tierra.

Y retrocedían, y olvidaban, y se refugiaban en el poema de su corazón, antes de romper el ánfora ática de sus sueños, que guardaba el último resto de perfume que podía embalsamar sus vidas solitarias.

¡Y se detenían en esa hora de tregua, y se miraban aterrados, ante el dintel obscuro de lo Irremediable!

¡Y fue en uno de esos crepúsculos de fin de Otoño, en un crepúsculo áureo, en ese velo misterioso, que la Bien Amada fue vencida, y su cuerpo de lirio profanado, y de sus labios fríos, como de una urna violada, como de un cáliz roto, se escapó el beso maldito, el beso irremediable!

¡Cayó, en el vértigo del sacrificio, aquella alma de Piedad! ¡Y se dio, así, en el hipnotismo de la inmolación, como un cirio que arde, como una flor que se abre, para dar su luz y su perfume a un ídolo, porque su destino es consumirse y morir en holocausto!...

....

Y, se alzaron del lecho, tristes, pesarosos.

¡Comprendían que algo acababa de morir entre ellos, y se miraron como dos culpables, como dos náufragos, que han arrojado al mar la ventura de su vida!

Y se abrazaron en silencio.

Ella sollozaba sin palabras, y él no tenía el valor de consolarla.

El presentimiento de la catástrofe final estrangulaba su ventura.

Se leía la angustia en los ojos, a través de las tinieblas de aquel crepúsculo muerto.

Y, cuando a la luz de la lámpara se miraron, había tanta desolación en ellos, que apartaron sus ojos uno de otro, y no por la vergüenza de sus cuerpos mancillados.

¡Temblaban de espanto, porque habían visto desnudas sus dos almas dolorosas!

las almas doloridas volando hacia su Dios.

El alma es una lira, y en horas de pesares, sus cuerdas vibran solas.

¿La Duda va a tocarlas? estalla la Blasfemia.

¿La Fe llega a pulsarlas? pues brota la oración.

Las almas que son puras acendran la plegaria, que tiembla entre sus labios, cual néctar de un panal.

Las almas que son fuertes no ruegan, interrogan, y el verbo brota de ellas, cual llama de un volcán.

La mujer es el pájaro asustado, que teme a las tormentas de la vida...

Y, huérfanos están los cielos de sus ojos, si Dios en ellos no refleja el fulgor de sus alas de Quimera.

Y, las almas que sollozan en las lívidas penumbras de las penas; y las almas que naufragan en los mares procelosos de la angustia; y, los ojos que se asombran en los turbios horizontes, donde van las crespas olas del dolor, creciendo siempre, en tumultos gigantescos, precursores del espanto, del abismo y de la muerte, se alzan pávidos al cielo, para ver tras de las nubes, tempestuosas y agrupadas, la Esperanza que fulgura en los ojos de su dios. Y los labios azotados por las ondas insurrectas, escocidos al contacto salobre, y desgarrados por el beso como flor de los naufragios, como pálida rosa de agonía, en los labios deformes de la Muerte.

Y Ada había dicho al Bien Amado, con voz de rítmica caricia.

—Al estar bueno, ¿me prometes acompañarme a una parte?

Y él había prometido.

y ¿me juras hacer lo que yo quiero? había dicho la adora da, inclinando el esplendor de su cabeza blonda, sobre el pálido rostro del enfermo.

Y él había jurado.

—Mañana iremos a donde te he invitado, le dijo ella dos días después de que sus labios habían ardido como por una llama, por el beso irredimible.

—En el Coliseo, a las ocho de la mañana, en la ambulacra, que mira hacia el arco de Tito.

—¿En coche?

—Sería mejor a pie, menos visible, ¿te sientes fuerte?

—Sí.

Y así lo hizo.

Al día siguiente, con una mañana fría y lluviosa, bajo la intemperie de una tramontana tenaz, llegó a pie hasta la Piazza delle Terme, tomó el tranvía eléctrico, que recorre la Vía Cavour, se apeó en el ángulo de Via dei

Serpenti, desde donde se divisa la gran mole del antiguo Circo, y por esa misma calle llegó a él.

Entró por la galería de la izquierda, y dio vuelta cuasi a todo el edificio, buscando con el alma y con los ojos la sombra fugitiva de la Amada. La alcanzó a ver, allá, en un punto de sombra, sentada sobre una piedra, bajo la bóveda húmeda, desolada, como la imagen de Judea después que hubo pasado por ella Tito, el guerrero salvaje y destructor, que alzó por manos le esclavos esa mole, bajo cuyas arcadas, ella, la visión melancólica, arbitraba sus dolores.

Así, como una virgen cautiva, que va de las violaciones al martirio, y espera la muerte como una liberatriz, así estaba.

Absorta parecía, desfallecida, en una de esas largas postra-iones que sucedían en ella a las horas febriles del amor.

Sus grandes ojos guardaban una fijeza demente; un pliegue [oloroso cercaba su frente; el bouquet sensual de sus labios tenía palidecido el rojo de sus rosas, y vencido parecía el orgullo de su belleza radiante. Fantasmas pavorosos debían obscurecer su pensamiento, porque su rostro se plegaba dolorosamente, bajo las cejas contraídas su mirada se ensombrecía de angustia.

Nunca había él visto en la faz amada, tal sello de vencimiento definitivo. Su palidez era tan intensa, su aspecto tan oloroso, que tuvo miedo por ella, miedo por su razón, que había visto vacilar a veces como una luz agitada por un viento de borrasca, tenía miedo por su vida, que él sabía amenazada por na enfermedad orgánica, hereditaria: la parálisis cardiaca. De eso habían muerto casi todos los suyos, y ella solía decir: —Yo moriré de un colpo, como todos los míos, o acabaré loca, como mi madre. ¡Dios mío! ¡Dios mío! ¡qué triste fin!

Y, cuando él la había hecho llorar mucho, en alguna escena violenta, tenía miedo a la palidez súbita que la cubría, a la extraña mirada de sus ojos espantados, y le ponía las manos sobre ellos como para no ver la expresión de esas pupilas extraviadas, y la consolaba con besos interminables.

Se acercó a ella, respetuoso, conmovido, como siempre que llegaba a aquella pobre alma, tan duramente profanada por la ida. Ada lo miró con esa mirada vaga, que a él le daba tanto horror, mirada de inconsciencia trágica, así como si su espíritu volviese de súbito al mundo, cual si regresara de países muy remotos, de cielos incógnitos.

Y luego, sonrió con esa sonrisa angélica, que era como una aurora de su rostro doloroso, y vino hacia el Amado, hacia el cautivador, como a un refugio, como a un conjurador de los malos sueños que la perseguían... Y sonrió a la vida, como siempre que despertaba bajo el mágico encanto de esos besos.

Él le dio el brazo y caminaron silenciosos, meditabundos, hacia el monte Coelius.

El silencio era el supremo pudor de su ternura.

La ceniza de los años que había caído sobre las grandes flores de su juventud, entristecía el paisaje de su vida, y no daba lugar a los rumores locuaces de la fantasía, a la floración de madrigales radiosos, extraños en la tristeza majestuosa de ese crepúsculo de dos existencias, en ese cuadro de amargura, de desolación y de angustia.

La influencia de la hora y de sus emociones profundas los hacía graves y callaban, para no repetir el dúo doloroso de su desesperanza interminable...

Llegados frente a la iglesia de Santo Stefano Rotondo, ella le hizo una leve presión en el brazo y lo llevó hacia el templo, y le dijo cariñosa y triste:

–He prometido una misa por vos. Vais a oírla conmigo. Me lo habéis prometido. Es en acción de gracias por haber escapado de la muerte, ¡tenemos necesidad de Dios!

Y entraron en el templo.

¡Oír una misa! Hacía acaso más de veinte años que no oía ninguna.

Pero, ¿cómo adolorar, cómo contrariar aquel corazón inocente, que iba a orar por él, aquella pobre alma sencilla, que perseguida en la tierra buscaba en el cielo la esperanza? Además, él había prometido, sin saber de qué se trataba, y debía cumplir.

El aspecto del templo, de antiguo dado al culto de Baco, hecho bajo Nerón el macellum, considerado por otros como un edificio cristiano del siglo V, y que es el tipo clásico de las iglesias redondas de la era constantina, alegró su vista, halagó su culto estético, encantó su ánimo, como si un soplo de paganismo, escapado a las selvas de Jonia, pasara entre las cincuenta y cinco columnas del templo, trayendo ecos de fiestas sirias, himnos de Byblos, cual si un tropel de ménades, coronadas de hiedra, apareciesen con el dios imberbe y sonriente, coronado de pámpanos, ebrio y feliz, bajo la policromía cantante de aquella iglesia cristiana.

Hizo una genuflexión y se sentó.

Ada fue a la sacristía, habló con el guardián, y volvió a arrodillarse en un reclinatorio, vecino al de él.

Poco después, un sacerdote anciano, pálido, de una palidez que se confundía con lo albo de sus vestiduras, salió de la sacristía, seguido de un niño de coro, vestido en rojo y blanco.

Y, la misa empezó.

Él se entretuvo en mirar la cúpula, de la cual descendía la luz blanca y triste, filtrándose en las tintas opacas de los cuadros, que yacían en la semi-obscuridad de las capillas, meditativos en la tristeza de su beatitud, en su apoteosis litúrgica, colorida y pomposa.

Nada hablaba a su corazón aquel mundo inmóvil de cuadros y de estatuas, aquel pueblo de leyenda inocente y pueril.

Y, en la calma sagrada, en la bruma matizada de esplendores místicos, donde los cirios y las lámparas temblorosas del ciborium, fingían claridades de estrellas, en la onda blanca del incienso, que se extendía en la atmósfera del santuario, llenándolo de perfumes y de nubes de una grandeza sagrada, sus ojos no se fijaron sino en el Cristo trágico, que había en el fondo del altar, un Cristo de colores verdosos, de negruras infinitas, atribuido al Volterra, y que debe de ser sin duda de alguno de sus discípulos más cercanos.

Sobre la colina ríspida, tétrica y roja, la silueta negra del patíbulo.

Y el Dios, solitario, clavado al madero, sus brazos extendidos, radiosos en la sombra.

La densa tiniebla blanquear parecía, de aquel cuerpo muerto, el albo fulgor.

Y las pálidas manos, las manos del Dios muerto, señalaban con sus rígidos dedos, en las sombras, en los vagos, confusos horizontes los ocultos caminos de su reino, las veredas que llevan hacia él.

Su nimbo, un nimbo de mártir, hacía en la penumbra reflejos de un sol. Su candida frente, bajo él, semejaba una hostia, o un lirio, teñidos de sangre, un ampo de nieve caído en las zarzas, rodeado de espinas...

Las áureas potencias le daban un brillo de estrellas, clavadas en torno a un cometa.

Las blondas guedejas se hacían aún más blondas, los cirios les daban fulgor de metal.

Los ojos muy tristes, los ojos opacos, dos cuencas de soles extintos fingían.

Y todo era nimbo en torno al martirio; y todo era muerte en torno del Dios.

Sus brazos muy blancos, sus manos muy albas, marcaban caminos allá en las tinieblas, senderos obscuros, veredas muy tristes, que llevan... ¿a dónde? a los cielos. Y el cielo ¿do está?

La madre doliente, la madre lloraba, lloraba muy triste al pie del patíbulo.

Un blanco sudario temblaba en sus manos, sus pálidas manos, que habían arrullado al casto Profeta, colgado a la cruz.

Extrañas potencias formábanle un nimbo, un lívido nimbo de un blanco de muerte, un nimbo de tumba, y su áurea cabeza de místico encanto, la rosa del dolor, la rosa triste, arrastrada en las ondas del torrente, la rosa del naufragio parecía.

¡Oh, la doliente madre del Profeta!

La campanilla, que sonó en el altar, le anunció que era el momento de la Elevación, y se puso de rodillas para no hacer ver su absoluta incredulidad a las almas piadosas que lo rodeaban, para no dejar ver el hastío y el enojo que la ceremonia le inspiraban.

El olor del incienso y de las flores, el rumor de las plegarias, que se alzaban de aquellos corazones férvidos por una correlación natural de los recuerdos, alzaron ante su alma los panoramas blancos de su infancia.

¡Oh, los pálidos encantos de los mirajes divinos!

Y vio, en la niebla del recuerdo alzarse la iglesia de su pueblo, blanca y roja, sobre el verde tapiz de la llanura interminable. Y le pareció sentir el sonido de sus campanas acariciadoras, llamándole a las fiestas de la Fe.

Y se vio niño aún, oficiar lleno de piedad, como aquel otro niño, que en ese momento agitaba la campanilla, y alzaba reverente la casulla del viejo sacerdote, inclinado, absorto, ante el cáliz áureo y el disco inmaculado, donde Dios fulguraba como un sol, a sus ojos de creyente.

Y, de entre aquel rumor confuso, de entre esas nubes de incienso, del fondo de ese cáliz, sobre el disco sagrado de la hostia, se alzaba más blanco, más radiante, más fulgente, como un lirio de Amor, como un astro de Esperanza, el rostro santo, el rostro idolatrado de su madre. ¡Oh, la muerta inolvidable!

Y brisas de la infancia, brisas de inocencia, soplaron sobre su corazón, corrompido y calcinado.

Y pensó en su niñez, ya tan distante, en su juventud que declinaba, en la esterilidad sentimental de su vida, en la inanidad de sus esfuerzos hacia el Amor...

Y volvió los ojos hacia esa pobre mujer dolorosa, que sollozaba cerca de él.

Y la vio inmóvil, doblada sobre el reclinatorio, levemente estremecida, como una ave en su agonía, su cabeza auroral entre las manos, y moviendo al ritmo de su oración la corola de sus labios.

¡Cree, cree, álzate hasta mí! parecía decirle su madre, esfumándose muy triste en la nube crepuscular de las aromas.

¡Ama, ama con amor ideal, elévate hasta mí! parecía decirle esa mujer sollozante, pálida como las rosas que morían en el altar.

¡Ay, era tarde para amar y tarde para creer!

Y alzó los ojos, como para pedir perdón a la sombra de su madre, qué se iba, envuelta entre la bruma matinal. Y los bajó luego, acariciadores, implorantes, hacia la Amada, que temblorosa rogaba al lado suyo.

Ada se había puesto en pie, serena y resignada.

La oración fortalecía aquella alma mística y fuerte.

Se detuvieron un momento a mirar los grandes frescos circulares del Circignano y del Tempesta, en una irradiación dolorosa de cinabrio y blancuras de cadáver, toda la epopeya del martirologio cristiano.

Ada contempló taciturna las vírgenes despedazadas, lirios candidos de fe, los ancianos torturados, muriendo con una serenidad radiosa de crepúsculos, bajo la garra de los leones.

—El verdadero martirio no se ha pintado, dijo.

—¿Cuál?

—El martirio de las almas.

–No habléis del dolor. ¡Amada mía!

–¡Oh, el martirio innombrado!

–No lo nombréis.

–Sí, he de nombrarlo como una expiación.

–Expiación ¿de qué?

–Del amor culpable.

–¡Oh, por piedad! ¡Callaos!

–¡Oh, el martirio de la vida, el Amor de lo Imposible! Dijo, y calló.

Y anduvieron melancólicos, apoyados el uno en el otro, perseguidos por sus presentimientos, como por una partida de lobos en una selva de Circasia.

Llegados a la Piazza di S. Giovanni, él la condujo hacia el tranvía y se separaron sin un consuelo, sin una frase de piedad, ¡como dos condenados a la cadena, que se despiden ocultando las lágrimas que han de correr a mares en la soledad de su ergástula!

¡Oh, los galeotes desventurados del Amor!

y voces de naufragio, y cosas que se mueren...

El drama estallaba de súbito en la paz radiosa de su vida sentimental.

¿No era bastante haber guardado tanto tiempo su corazón en esa paz inalterable, al abrigo de las tormentas, lejos de la aventura irremediable de los naufragios del amor?

¿No era bastante haber vivido la primavera triunfal de su vida en su orgullosa soledad, en su soberbio aislamiento, domador extraño de la pasión fatal, conquistador de almas y de cuerpos, sembrador de besos eróticos, defendiendo en sus lascivias la inalterable quietud de su espíritu, la calma sagrada de su corazón?

¿Era pues un naufragio en el puerto?

¿Qué era ese resplandor de incendio, que iluminaba la vieja selva otoñal, ya dormida en la calma profunda, en la quietud cercana del invierno?

¿Era la devastación? ¿era la ruina?

¿El sueño de su vida había sido una quimera?

¿Había vivido para la conquista del desierto?

Había dominado su vida, disciplinado su alma, torturado sus sentimientos, para asegurarse la paz definitiva y, ¿venía a perderla en una aventura sentimental y triste, en un drama vulgar de adulterio, a sucumbir así en un campo de ruinas ante un horizonte cubierto de cenizas de crepúsculo?

¿Era la muerte definitiva de sus triunfos, la vergüenza de sus sueños?

¿Era el amor quien hacía esta catástrofe? ¿Era el orgullo?

¿Era el instinto imbécil del altruismo, vivo en el luchador indomable, y trasplantado del campo de la acción ruidosa y fecunda a la pequeña estéril de un drama de corazón?

¿Era el quijotismo sentimental, la manía libertadora, los que producían el desastre? No lo sabría decir.

Pero maldecía la hora en que había querido hacer hablar su corazón.

En su egoísmo brutal, maldecía ese Idilio triste, ese poema otoñal, cuyos madrigales de ternura, cuyas estrofas de amor, amenazaban hacerse bruscos exámetros de drama, rudos alejandrinos de tragedia.

Y la nostalgia de su libertad perdida lo asaltaba. Y su gloria, su gloria amenazada, palidecía en su nimbo rojo, con tristeza de astro moribundo. Y su Ideal, su Ideal abandonado, lo miraba con angustias de Cristo agonizante.

Y, en un horizonte pálido de perla, bajo un cielo de malaquita y laca, lívido de tristeza, parpadeaban los astros de sus sueños.

Como banderas vencidas, como gonfalones en fuga, huían y se plegaban en ese horizonte de derrota, sus visiones viriles y grandiosas, combatiendo aún, en la tristeza de la hora, des-mesuradas y hoscas, como siluetas de una titanomaquia primitiva.

Lejos de ese ruido atronador, su alma sentía la nostalgia de un marino en las montañas, en las cimas muy distantes de las playas del océano.

Y su alma lloraba casi, con sus poemas inconclusos, aglomerados sobre su mesa, donde las rimas, que tenían perfume, se enlazaban amorosas al haz de rayos de los panfletos incendiarios.

Y todo inconcluso, todo trunco, todo abandonado...

En la gravedad de la hora, aquel abandono era un crimen, aquella vacilación era una deserción.

En el apóstol, detenerse es marchar hacia atrás.

Cuando se ha pasado con el gesto del sembrador bíblico, en medio de los surcos, en el campo de la vida, dejar caer la mano fatigada anuncia vencimiento irremediable.

Y ese gesto, en la angustia del crepúsculo, semeja los adioses de un fantasma.

¿Detenerse ahí?

De su juventud ¿qué quedaba? un lampo: ¿de su sueño de Arte? obra incompleta: ¿de su sueño de gloria? una derrota: ¿de su sueño de Amor? una mentira.

Y, ¿había de sucumbir bajo las garras de la quimera, en la laxitud de ese sueño de inercia en que vivía? ¿no podía ya marchar hacia la gloria? ¿era imposible ir hacia la vida?

¡Oh, no, no, libertarse era preciso!

Mas, ¿cómo pensar en esta liberación? ¿Cómo evadirse del Destino?

Ante aquel escollo en que la apacibilidad de su vida se rompía, ante el horror de esa tragedia sentimental, se exasperaba, se hacía melancólico y sombrío, y la cólera lo invadía, una cólera sorda contra la generosidad de su corazón.

Y mientras meditaba así, en esa bruma gris que envolvía su pensamiento en una opacidad medrosa, como las telas crepusculares de Carrière, el sonido del timbre lo despertó de su abstracción dolorosa.

Era la hora de la cita, y debía de ser Ada quien tocaba.

Y fue a abrir él mismo, pues acostumbraba licenciar a su camarero a esa hora.

Y era ella.

¡Ella, que con un sollozo cayó en sus brazos, pálida como un ampo, rígida como una muerta!

La tomó en sus brazos y la llevó a un diván.

El portero que la había acompañado a subir desfalleciente, le relató en detalles la tremenda escena.

Hacía días que Leda Nolly espiaba en torno de la casa, la entrada o la salida de la condesa, y justamente, cuatro tardes antes, había ido contra ella, llenándola de contumelia y alzando la sombrilla para herirla. El portero había ido a su defensa y había abofeteado a la artista, que a la aproximación de un policía había huido despavorida.

Pero, ese día, la escena había sido más violenta.

Leda esperaba, oculta en la esquina de la Via Cernaia, el coche de la condesa. Al apearse ésta, la cantante apostrofándola con el vocablo más soez, le arrojó encima el contenido de un frasco de ácido, que felizmente rodó sobre el traje, sin tocar el rostro de Ada, oculto por un triple velo, en que se envolvía siempre que iba a su cita de Amor, o a casa de la señora Stolffi, como decía ella a la servidumbre, aprovechando que aquella pobre amiga suya, paralítica, vivía en el mismo Palazzo, un piso más arriba que el que habitaba Hugo.

Al grito de la condesa, que huía, los cocheros cayeron sobre la artista, azotándola y golpeándola tan fuertemente, que cuando la policía llegó, la cantante se debatía en un mar de sangre, bajo las suelas ferradas de los brutos.

¿Quién tenía la culpa?

Ella, Ada, cuyo corazón generoso se había opuesto a que la artista fuera perseguida por sus escándalos; ella, que había ocultado a Hugo hasta entonces, los ataques brutales de que era objeto.

Angustiado, furioso, fue al teléfono, para obtener de la Qüestura la mayor reserva sobre el asunto y la seguridad de que esta vez la víbora sentiría el azote que le rompería las vértebras.

Y volvió al lado de Ada, que con los ojos cerrados, la boca triste, parecía dormida ya en el seno de la muerte.

Tuvo miedo, miedo de que su enfermedad hereditaria pudiera matarla allí, en sus propios brazos y que el destino adverso la mandara a morir allí, en casa de su amante, como para acabar de deshonrarla.

Se abstuvo de llamar un médico.

Y él mismo la tomó cariñosamente, le quitó el sombrero y los guantes, le besó las manos con pasión, le quitó el abrigo de Pieles, le abrió el corsé para que respirase mejor, le dio a oler todas las sales inglesas que halló a mano, la friccionó con fuertes esencias, recostó sobre su propio pecho la cabeza primorosa, cuyos cabellos rodaron en ondas luminosas, y tomándole las toan en las suyas, la miró con emoción profunda y silenciosa.

Y se asombró, viendo cómo el dolor nublaba aquella faz radiosa, cómo los años parecían haber descendido en tropel sobre aquella frente pálida, cómo la edad y la muerte vagaban como nubes lívidas sobre el rostro amado, envejeciéndolo y deformándolo.

Y vio con un dolor cruel, cómo delgados hilos de plata hasta entonces ocultos a su vista, profanaban aquella cabellera de un rubio espléndido de aurora.

Y, ante aquel cuadro de la muerte amenazante, de la vejez irremediable y próxima, pensó con un horror creciente, en la suerte de los dos.

¿A dónde iban por ese laberinto sin salida?

El matrimonio era lo imposible.

El amor así, culpable y oculto, era la inquietud, el peligro, la catástrofe final...

Y, ¡el Hastío!... ¿no es el Minotauro insaciable que devora todos los amores?...

Pocos años más, y ¿qué sería de su amor? ¿qué quedaría de la opulencia de esas formas, de la belleza de ese rostro, amenazados ya por el cierzo de todos los inviernos?

Y una angustia infinita lo oprimía, ante esa interrogación formidable.

Y, mirando la espantosa tristeza que se pintaba en aquel rostro exangüe, cuyas carnes, de súbito, se habían hecho blandas, sin morbidez, con la flaccidez de un pecho que ha lactado, viendo aquella sombra terrosa que envejecía la faz adorada, tuvo una conmiseración infinita, amó con culto extraño esa belleza fugitiva, sintió la necesidad de consolar aquella vida, que sin él era una tumba, el deber de embalsamar con ilusiones ese pobre corazón adolorido que era suyo. Y, tomando en sus manos la linda cabeza blonda, hecha para ser encuadrada en un marco de rosas primaverales, desfloró su boca con un beso triste, beso caritativo, tierno como la Piedad, fúlgido como el Amor.

Ada abrió los ojos, como tocada por la varilla de un encantador, y llamó al Bien Amado.

Y su voz tenía algo de lamentable y de naufragio.

Al verlo tan cerca, se abrazó a él con desesperación, y como si hubiese leído el pensamiento en sus ojos, le gritaba:

—¿En qué pensabas? ¿en qué pensabas? ¡Oh, dime en qué pensabas! ¿Te cansa mi amor?

¿Te hastía el cariño de esta pobre mujer que no puede darte sino pesares y lágrimas? ¿te fatiga el goce de este cuerpo que envejece martirizado por el dolor, y el encanto fugitivo de estas carnes que se marchitan a tu vista, sin haberte dado más primicias que las del corazón enamorado? ¡Ah, ya lo sé! ¡Ya lo sé!

Tú te sacrificas a la piedad, a la conmiseración que te inspiro. Eres aún joven, célebre, glorioso, el genio brilla en ti como un albor, todo te llama a la lucha y a la gloria, y estás encadenado a mí, que soy árbol de tristeza y de dolor, cuya sombra enferma la floración de tus sueños portentosos, a mí, que soy una vieja, dijo, mostrando los tres hilos de plata, que brillaban en el oro mórbido, como rayos de luna en la corriente blonda de Pactolo. —¡Oh, callaos, callaos, por Dios! —murmuró él, como temeroso de que hablara aún más, de que desflorara con sus palabras la inviolabilidad de algo muy triste que nacía en su corazón.

Y la besó de nuevo en los labios, como para calmar con un exorcismo, la exaltación de aquella alma atormentada.

Y enmudecieron los dos.

Y sus ojos entristecidos parecían mirar las caravanas sepultadas de sus sueños muertos.

Y parecían apostrofar al Destino, diciendo con el poeta:
Voici d'anciens qui passent,
Encore des songes de lassés,
Encore des rêves qui se lassent;
Voilà les jours d'espoir passés!

Y en la soledad profunda de su vida: ¡Nevermore, Nevermore, les decía el Destino implacable!

Y la tristeza subía en su corazón como un astro sobre cielos luctuosos, y veían las horas de su juventud, enjambre de abejas rumorosas, perdidas ya muy lejos, en las irradiaciones de otros cielos...

Su inquietud engrandeciente los torturaba, se abrazaba a sus corazones como trepadora salvaje, y los ahogaba.

¿Cuánto durará esto? parecía decir ella.

¿Qué será de nosotros? se decía él.

¿Cuánto tiempo será mío?

Cuánto tiempo?...

Y, sin hablarse, sus pensamientos se unían en esa misma ¿olorosa inquietud, en ese terror de lo silencioso, inevitable, que avanzaba.

Él o ella, ¿cuál rompería primero esta unión tan quimérica?

¿Qué ser, extraño a ellos, qué decreto de la casualidad o del Destino, vendría a separarlos, a arrojarlos de nuevo en el vaivén de la vida, en esa tristeza insondable, en ese limbo, que se llama: la soledad del alma?

No respondían a esta pregunta.

Les parecía que callando sobornaban el Destino.

Como dos seres que se ocultan, temían que sus palabras los enunciaran al acontecimiento, que caminaba en las sombras.

Y la sed de la muerte los poseía entonces, el ansia del reposo y del olvido, el deseo del sueño mortal, la renuncia a la vida...

¿Por qué no detenerse en ese punto de ventura y desaparecer? ¿Si el porvenir era inexorable? ¿por qué ir hacia él? Si al fin de su amor estaba el desastre inevitable ¿por qué no escapar?

Y hablaban de la muerte, y se sentían como fuera de la vida, en un limbo confuso, inextricable.

Y se llamaban en su angustia, como náufragos que las olas separan en el mar y la noche silenciosos...

—¡Habladme, Amado mío! decía ella, rompiendo la hipnosis dolorosa. ¡Habladme, tengo necesidad de ser confortada! ¡Decidme que me amáis, que me amaréis siempre!

—Yo os amo, ¡oh Adorada de mi corazón, yo os amo! respondía él. ¡Y su verbo compasivo quería hacerse rojo, como en la aurora de aquel amor tan triste!

—Mi amor es inmortal, gemía ella. ¡Es superior al Dolor, al Olvido y a la muerte!

Y así permanecían horas enteras, uno al lado del otro, silenciosos, como anonadados en la irremediable tristeza de su corazón, inmóviles en la densidad del crepúsculo, que caía lento sobre ellos, como las olas que se cierran silenciosas sobre el trágico sitio de un naufragio.

¡Oh! ¿de qué tejido misterioso, de qué red de sueños está hecha la ventura de las almas?

¡Oh, la triste ventura de las almas!

Tristezas vesperales, nostálgicas de luz

En el amor hay dos períodos, aquel en que nos arrastra como una tempestad, y aquel en que lo arrastramos como una cadena.

Y este amor triste entraba en ese último período.

Y temblaba estremecido, como un asfódelo hierático, en la bruma sollozante de ese paisaje invernal.

Leda scis en prisión, el Conde Larti en Sicilia, en lenta convalecencia, no eran la libertad, ni siquiera la tregua.

A pesar de todos los esfuerzos, algo se traslució del escándalo de la actriz, y Ada no pudo volver más a Via scision.

Habrían bastado dos testigos que la hubiesen visto entrar allí, para que el conde intentara una sorpresa, le arrebatara su hija, y la lanzara en el escándalo de una querella de adulterio.

Por todas partes había ojos que los miraban.

El abogado del conde y los miembros de la familia de éste se encargaban del espionaje vergonzoso.

Y el círculo se estrechaba en torno a los amantes.

Comenzaron entonces los largos paseos a los parajes silenciosos, hacia los grandes caminos desiertos, hacia las tumbas solitarias.

Era por la Vía Appia, de la tumba de los Escipiones hasta el Cazal Rotando, que prolongaban sus paseos, en las tardes brumosas y fugitivas, en los crepúsculos obscuros, hijos de las noches prematuras del Invierno.

Y, mientras sus cuerpos trajinaban por esa vía de victorias y de tumbas, sus almas recorrían las grandes vías solitarias del recuerdo, el camino de su vida, sembrado de derrotas y sepulcros, los senderos del pasado inexorable, el Vía Crusis, por donde habían arrastrado su vida estéril y miserable, coronados por su soberbia, vencedores del amor! ¡Oh, la inanidad de su triunfo estéril! ¡oh, tardía aparición del Formidable!

Y se absorbían en leer las antífonas de ese pasado en el viejo misal de oro del recuerdo, a la luz de ese cirio cuasi extinto: la juventud. Y se sentaban a la sombra de la tumba de Cecilia Metella, sobre los restos de la de Séneca, la de Sexto Pompeo o la de los Horacios, y allí contemplaban la muerte de la tarde en la llanura silenciosa, que va hacia el mar como una onda fugitiva, a morir en lo infinito. Y la ilustre ciudad como muerta a la sombra de sus muros, en la paz de la tarde, llena de encantos mudos de salterios. Y la hierba victoriosa conquistando la inmensidad de los llanos somnolientos. Y en la triste densidad del crepúsculo pluvioso, la estela del sol muerto, como las ondas de un río rojo, rodando al occidente. Y, como hogueras prendidas detrás de una selva autumnal, las cúpulas de los templos, como tiaras de rubíes, hechas rojas, reverberantes, en ese reflejo de gloria, en esa emoción de incendio. Y, con los párpados entrecerrados, como si esa luz escasa fuese brutal para sus ojos, sus almas laceradas parecían salmodiar con el poeta:

Soleil, que nous veux-tu? Laisse tomber la fleur,
que la feuille pourrisse et que le vent l'emporte!
Laisse l'eau s'assombrir, laisse-moi ma douleur
qui nourrit ma pensée et me fait l`âme forte.

Otras veces, iban fuera de Porta San Paolo, hacia las riberas del Tiber, hacia algún puente solitario, donde los sorprendía la lenta submersión del sol, el crecimiento de la sombra, el pavor augusto de la noche en la campiña romana.

Y regresaban silenciosos, como estremecidos al beso religioso de la tarde, viendo caer la sombra sobre la rigidez blanca de los grandes estanques, y sobre el horizonte bermejo, donde florecían como lises y se abrían como rosas de mágico fulgor, las estrellas centelleantes en el azul sereno.

Y él veía la tristeza descender lenta sobre los ojos de Otoño de Ada, y la luz morir feliz en las nieves luminosas de esas carnes, aureolando el orgullo misterioso de esa belleza real sobre la cual parecían, a través del duelo del follaje, llover besos azules de astros taciturnos.

Y, bajo los cielos florecidos de estrellas, resplandecientes como un jardín prodigioso, la augusta belleza de la Amada brillaba pálida, como pétalo de flor maravillosa que hiere el so] de la tarde, pálida como las flores del pasado, pálida como las hojas que cuchicheaban sus quejas a los aires, pálida como la luz lunar argentando las aguas estancadas de esas lagunas pontinas, donde muere el crepúsculo coronado de nenúfares, y canta el silencio su extraña canción a las flores y a los astros.

O bien se iban fuera de Porta San Lorenzo, hacia Campe Verano, el cementerio católico de Roma, en esa hora en que el sol estallando su duelo sacerdotal, en el fulgor de sus sagradas agonías, convertía la Necrópolis en uno como bosque de encinas hieráticas, en que las cruces y los monumentos semejaban pilares de una selva druídica, donde hieródulos y sacerdotisas misteriosas celebraban los funerales de la luz, y la voz, la gran voz de la soledad y del silencio, bajando sobre la tierra como la caricia de una madre, pasaba por sobre las tumbas solitarias por sobre la salvaje frondazón de crisantemos de matices fúnebres, y por el campo de rosas, desfloradas por místicas caricias de los vientos del rudo septentrión.

La condesa amaba las tumbas olvidadas o trágicas, los grandes muertos por la pena, los asesinados del dolor. Compraba flores a la puerta y las llevaba con una piedad reverente hasta sus tumbas predilectas, las de los suicidas por amor.

Y, ante aquellas tumbas aún sin cruz, sobre la tierra removida, en los cálices de flores que sus manos piadosas deponían se prosternaba ella, la gran vencida, la dolorosa, la solitaria inconsolable.

Y él la veía orar, veía correr el llanto por entre sus manos tenues, sus dulces manos como flores de paz, que ocultaban si rostro como un vaso de alabastro conteniendo una rosa moribunda.

Y contemplaba aquella silueta blonda, como un rayo de estío, perfilar en al crepúsculo la gracilidad misteriosa de sus formas, el esplendor de su belleza tentadora.

Y tendía hacia esa carne como penetrada de claridades, sus labios insaciables, y ponía besos furtivos sobre esa nuca, alba como un plumón de ánade, y en esos cabellos nimbados de luz, que guardaban en sí, como reflejos de soles muertos, y un extraño perfume de gloria y de divinidad.

Y regresaban en el enojo de las soledades lúgubres, en los grandes silencios vírgenes del crepúsculo lleno de oraciones, y de iluminaciones rojas como de un vidrio gótico, silenciosos, meciendo sus almas en la vibración lenta del Ángelus, que llegaba de las cuatrocientas iglesias de la ciudad, para morir con su última nota melancólica en el Campanario de San Lorenzo, en las propias fronteras de la muerte.

Y el alma de la tarde erraba sobre ellos y sobre la selva autumnal deteniéndose en las torres ya negras, para entonar su vieja canción de dolores y recuerdos...

Y ellos se estrechaban las manos en silencio, en medio de la calma de la noche y la agonía de las rosas...

Mas acosados aún por el ojo avizor de la policía secreta, perseguidos por los espías, acorralados como fieras en una selva, se refugiaban en los sitios solitarios, en las callejuelas obscuras, en los paseos excéntricos. Iban hacia el Gheto, hacia Transtevere, hacia el Gianicolo, donde otros enamorados paseaban su pasión, y estallaban en la sombra besos provocativos.

Y, una de aquellas noches, él la esperaba en el Gesú, para emprender la jira dolorosa de su amor noctivago.

La Piazza se envolvía en la penumbra, como un manto de duelo. El palacio Altieri, todo cerrado, alzaba su masa negra, como irrespetada por la luz relampagueante de los focos eléctricos que iluminan la vía.

La iglesia, como un cuervo somnoliento, alzaba su mole negra, con sus dos escudos pontificios, como los ojos de un búho abiertos en la tiniebla.

Como insectos fosforescentes, las calles y callejuelas mal iluminadas se extendían en dédalos confusos, en diversas direcciones.

Ada se apeó del tranvía eléctrico y atravesó la plaza. Él se unió en la esquina de la vía de Aracoeli.

La noche era fría, de un frío intenso, la luna radiante, de una radiación argentada, y en el cielo de un azul ternísimo, lucía, como gemas incendiadas, la blanca palidez de los luceros.

La vía, negra, era como un sendero de sombra que se rompía al fin en un gran disco argentado y fulgurante: la Piazza Aracoeli.

Y más allá, la escalinata del Capitolio, la rampa gigantesca dibujaba por Miguel Ángel, y los grandes leones de basalto' como guardando la majestad del monte sacro consagrado por el rayo y por la gloria.

En la pureza cuasi diáfana del horizonte, el Palazzo Senatorio perfilaba sus líneas impecables, augusto bajo el azul sereno.

Ascendieron la rampa suavemente, cogidos de las manos hipnotizados por el encanto de aquella noche maravillosa.

En las escalinatas, parejas del pueblo, enamoradas y felices se besaban cerca a las estatuas pensativas, bajo el ojo fulgurante de la loba nostálgica, inquieta, atormentada acaso por el rut tras los barrotes de su jaula.

Se detuvieron a descansar en el Capitolio, al pie de la estatua de Marco Aurelio.

El Senatorio, los Conservadores y el Museo, los tres grandes palacios que decoran la plaza, lanzaban sobre ellos la proyección de su sombra, como ondas negras de una mar silenciosa y voraz, que quisiera engullirlos.

Las estatuas de Castor y Pólux dibujaban lejos sus sombras, mientras las enredaderas de la escalinata diseñaban arabescos mágicos, y los árboles distantes se destacaban en la palidez gris del cielo, como en un horizonte de ilusión.

¡La sombra, como un beso misterioso, bajaba temblorosa de los cielos! La noche, como un vaso de perfumes, como una rosa negra, abría sus pétalos, sus pétalos extraños de tinieblas, donde temblaba el alma de la

Vida, en un nidal de rayos de luceros.

Y ellos se absorbieron en la embriaguez de ese paisaje de tristeza y de gloria, como si aquel panorama, aquella belleza, pudiesen ligarse eternamente a su vida, como si algo del paisaje penetrara en sus corazones doloridos.

Sus almas pedían la paz, el olvido, el derecho de amarse en la quietud...

¡Y el alma de la noche, misteriosa, parecía sollozar en torno de ellos, y brillar en la nítida blancura de esa mujer pálida de amor, y llorar desolada en esos ojos y esas pupilas densas verde mar, y coronar con rayos de estrellas prisioneras, esa cabeza áurea y soñadora, como hecha para el nimbo de los santos!

En un resplandor de suprema ternura, en un movimiento de piedad enamorada, él trajo a sí la adorable cabeza blonda y la besó en los labios entreabiertos.

—¡Cuánto te amo! le dijo.

Ella sintió temblar su corazón inconsolable, donde ardía la mirra de todos los consuelos.

¡Ah, pobre amigo! ¡Cuan bueno sois! murmuró apenas.

Él no interrogó nada de aquel gemido de dolor.

Se estrecharon el uno contra el otro, como temerosos de hablar, de interrogarse, de ver las heridas de su amor. Temblaban ante la sombra de sus almas.

Y descendieron en silencio por la Via de Settimio Severo al Forum.

La luna, como amiga cariñosa, acariciaba las ruinas tristes y formaba como un mar de plata desde el Arco de Tito hasta el Tabularium.

Como grandes islotes de este mar sombrío, como farallones gigantescos, las columnas enhiestas, los frontones de los templos, se alzaban a trechos, coronados de reflejo lunar, como de una caricia de espuma.

No pudiendo entrar al interior del Forum, tomaron por Santa María Liberatrice, la Via Nova que lleva al Palazzo dei Cesari.

El silencio y la soledad eran completos en aquel sendero sembrado de ruinas.

Y se sentaron en un fragmento de columna, en la calma profunda de aquella soledad radiosa, que hablaba a sus pobres almas torturadas, de lo fugitivo de la vida, de la grandeza inexorable de la muerte.

Y, abrazados, silenciosos, se absorbieron en su triste ventura, al resplandor del astro muerto de su esperanza y de su amor, hecho cenizas.

Y los velaba el alma de la noche misteriosa, como hecha' de dolores y de angustia, formada de sollozos del amor.

¡De la noche callada en la urna negra, como las rosas blancas en una ánfora, se movían silenciosas las estrellas!...

De súbito, dos formas negras surgieron detrás de un fragmento de ruina. Y una tercera surgió algo más lejos.

Temeroso de una agresión, no rara en aquellos lugares, Hugo se puso de pie, y preparó su revólver.

Las dos formas avanzaron: eran dos hombres.

Hugo creyó reconocerlos: eran policías secretos.

Se detuvieron un momento frente al grupo de los amantes, saludaron y se alejaron en silencio.

El tercer hombre avanzó, tratando de no ser reconocido, pero un rayo de luna que le dio en pleno rostro, lo denunció: era el conde Larti.

Anduvo presuroso, para unirse a los otros dos, y todos tres desaparecieron en una encrucijada de aquella senda tortuosa.

Sofocada de espanto, en pleno vértigo de pánico, Ada dio un grito ahogado, como si manos brutales le apretasen la garganta, y cayó exánime, rígida como una muerta.

Hugo fue en su auxilio y trató en vano de volverla a la vida.

La divina cabeza amortecida se doblegaba inerme y delicada, con los ojos de aurora sin miradas, y pálidas las rosas de los labios.

Llamó a un guardia vecino e hizo venir un coche.

Mientras el vehículo llegaba, Ada volvió en sí. Prorrumpió a llorar, reclinada en el seno del Amado, y ese llanto le volvía la vida. Él la puso en el coche y se colocó al lado suyo.

La acompañó hasta pocas calles antes del palacio Larti.

Allí se apeó, besando con pasión infinita la mujer desventurada.

Y se retiró justamente inquieto.

No se le ocultaba la gravedad excepcional de la situación.

El conde Larti había logrado su objeto.

Los había sorprendido, y tenía en poder de la policía casi las pruebas de su adulterio. Era el escándalo que avanzaba. Era la catástrofe que venía, silenciosa, inevitable, como una tempestad en el océano...

los corazones tristes en el sagrado huerto...

Y las desgracias se abatían sobre ellos, como grandes pájaros de presa, con siniestros frotamientos de ala y gritos roncos en torno de una torre derruida...

Y la tormenta se embravecía en torno a este naufragio moral, como las olas furiosas en torno de un esquife abandonado.

Y la tragedia engrandecía en la casa de la Amada.

La condesa, enferma, languidecía, sin poder abandonar su alcoba.

Y se agitaba allí, bajo las alas del escándalo y la soledad aterradora.

El escándalo, como el rayo, estalla con más fuerzas en las alturas.

Y la sociedad se venga de sus largas adoraciones entusiastas. Adaljisa Larti era ya un ídolo roto, de cuyo pedestal profanado se alejaba en tropel la multitud de los sectarios...

La escena de Leda Nolly, el encuentro en el Foro Romano habían roto el escaso misterio que rodeaba sus amores, y la ola desbordante de la maledicencia corrió libre, como la creciente de un río, en un sembrado sin defensa.

La sociedad, descubierta en su elegante complicidad, fue inflexible. Para el hombre, para el extranjero sin familia, desdeñoso de la vida de los salones, no había castigo posible.

Pero, para la mujer cuya belleza, cuyo talento, cuya virtud, habían sido encanto y honor de una antigua Señoría, el decreto de proscripción fue inflexible, sin atenuantes y sin piedad.

Hugo Vial había atravesado, como un advenedizo en uniforme, como una de las tantas figuras de diplomacia decorativa, los salones de sociedad que no podía eludir, sin cuidarse ni siquiera de dejar caer algo de la maravillosa pedrería que formaba el tesoro de su intelecto, cuidándose muy poco de aparecer como un profesional de la ciencia insulsa. Se decía generalmente que tenía mucho talento, y se temía mucho la prontitud de su ingenio y la despreciativa acritud de su epigrama. Los hombres no lo amaban, porque era un solitario de pensamiento muy profundo y de alma muy superior a la odorante vaciedad del medio ambiente. Y, como no era bello, ni su musculatura tenía prodigios de circo, las mujeres no lo buscaban. De ahí pues, que no siendo una figura social, la sociedad no pudo herirlo ni con su proscripción ni con su enojo, en la hora del castigo.

Pero, no así la Condesa Larti. Ella fue proscripta y abandonada y cayó bajo el oprobio.

Y, como un lirio que arrastra la corriente de fango, su hija también cayó con ella. Los salones del palacio Larti se vaciaron, como por una esclusa misteriosa abierta bajo ellos.

El conde quiso llevar su hija, y ésta se rebeló a partir.

Se apeló al remedio supremo. Guido Sparventa, instigado por sus padres, pidió a Irma abandonar a su madre y habitar al lado de la suya, mientras el matrimonio tenía lugar.

La noble joven resistió.

Y el drama, que se precipitaba como un alud, hiriendo a todos los que en torno de él giraban, cayó sobre aquel amor tan inocente y tan grande, aplastándolo con su peso de infamias.

Guido Sparventa, después de inútiles rebeldías contra los suyos, partió a África en un batallón de cazadores, esperando que el tiempo pasara sobre aquel escándalo, para regresar a la realización de su sueño, tan bruscamente interrumpido.

E Irma quedó sola.

El funesto presentimiento se había cumplido. Aquel hombre le había sido fatal. Y el vuelo del cisne, como una profecía siniestra, parecía extender sus alas de invierno siberiano en las soledades dolorosas de su vida.

Y Hugo se indignaba ante esta fatalidad de su vida, ante el sentimiento hiriente de su debilidad contra lo imposible.

Y se sembraba el mal contra su voluntad como una fatalidad inexorable y trágica.

¿Por qué había puesto ese velo de tristeza en aquellas vidas, tan apacibles antes de aparecer él, en la orilla de su senda?

¿Qué le había hecho aquella pobre virgen, para arrebatarle su amor y su ventura?

¿Por qué no partía, por qué no se alejaba, rompiendo así la influencia siniestra de su destino sobre aquellos dos seres que se debatían en las garras del dolor?

¿Partir? él lo había pensado.

Pero, he ahí que Ada le gritaba con voz de naufragio desde el fondo de su abismo insondable:

—No me abandonéis, ¡oh Amor mío! No me abandonéis. Al lado vuestro, todo, hasta el oprobio me es querido.

Abandonarla así, en medio a la catástrofe a que los había conducido su pasión ¿no era una cobardía? ¿no era una infamia?

Y quedó allí, cautivo de aquel sentimiento extraño, sentado con su Amada sobre las ruinas de sus sueños, como los amantes de Belthual, sobre la tumba del poeta madgiar muerto en los llanos de Koenigsteing.

Y, en la borrasca acre de su corazón, el espectáculo de aquella debilidad, aun piadosa, lo indignaba.

No lo asaltaba la sed de las capitulaciones definitivas, que invade los corazones mórbidos.

No, él permanecía, aun en esa crisis dolorosa, la misma alma trágica que había sido siempre, fiel a los grandes duelos de la acción, diseñando en el combate su gesto inmenso, con la curvatura majestuosa de un vuelo de águila.

No tenía ninguna de las vacilaciones, las pequeñeces, las angustias, las tristezas de las almas contemporáneas. Sabia lo que quería y lo que podía.

Todo había hecho bancarrota en torno de él, y su voluntad permanecía erguida, invencible, como el primer día del combate.

La derrota tenía el poder de confortarlo.

Y su gran virtud consistía en que amaba las cosas muertas que había dentro de su alma.

Y la grandeza de su sacrificio consistía en la fidelidad a esas cosas que le habían mentido.

No tenía ya fe en la libertad, y el sueño de su vida era morir por ella.

No creía en la redención política de los pueblos, y habría ido sereno al cadalso, para sellar un pacto con esta quimera.

Ninguno de los ideales de su juventud vivía en él, y él vivía para ellos.

Era un obstinado glorioso.

Y esta extraña obstinación la llevaba también a sus amores muertos.

No pactaba con la inclemencia de la suerte, con la insolencia victoriosa de la fuerza.

He ahí por qué quedaba al lado de esa mujer enferma y deshonrada, que se replegaba en su dolor, terrificada, inerte, impotente contra la vida.

Y los mirajes de la gloria lo atraían...

Y el grito de las multitudes lo llamaba.

Y su gran Musa bélica le decía:

Sors du temple en dueil d'un sacrilège

Vers le fantôme que tu rêves suivre,

Va. Tu es libre.

¿Libre?...

¿Era el Amor lo que lo detenía?

¡Pobre sueño desvanecido al rumor leve de un beso!

¿Era el Deseo?

Bestia saciada, bostezaba nostálgica de nuevas víctimas.

En amor no vale sino la ilusión; la realidad es siempre triste. Lo que se obtiene no vale lo que se soñaba. Lo que se da es la sombra de lo que se deseaba. El amor vive, brilla, asciende hasta el instante en que los cuerpos de los amantes se unen,

Después, es una agonía lenta y triste, a veces triunfalmente bella, pero siempre una agonía, siempre el camino de la muerte...

Y, ¿había él amado? ¿Amaba? El Amor, que, según un filósofo, debería ser la religión de los que no tienen otra ¿no había llamado con sus milagros a la puerta de su corazón?

Y, si había llamado, ¿por qué se había ido el Iniciador, como un Cristo triste, taumaturgo vencido, después de haber gritado en vano, sobre la tumba sorda, la mágica palabra: Surge?

Y se asombraba ante la inexorable rigidez de su alma.

Y, no se dignaba inclinarse a recoger los fragmentos de su último sueño hecho pedazos...

las almas solitarias clavadas en su cruz.

En el gran letargo de la noche, los astros imperaban, bajo la inmaculada blancura de ese cielo de invierno, en la gran calma desolada y silente.

Roma dormía en su manto augusto de ruinas y de siglos.

De los jardines adormitados, de los cercanos bosques somnolientos, se esparcían bajo la caricia astral, perfumes extraños y ruidos undívagos.

La luna como un escudo heráldico de acero bruñido, puesto a las puertas de un palacio impenetrable, se destacaba sobre el disco negro de los montes lejanos, en toda la esplendidez de su plenilunio triste.

El palacio Larti parecía dormir también en el encanto frío de la noche invernal.

En la alcoba de la condesa, una lámpara bajo un velador verde, tamizaba la luz en extraños rayos crepusculares y medrosos.

Ada estaba en el lecho.

Su busto clásico emergía de entre las sábanas y colchas, envuelto en una camisa de seda blanca y encajes vaporosos. Y sus formas opulentas, ocultas bajo el edredón, la hacían aparecer en la penumbra del cortinaje, como reclinada en una onda de azul, circundada de espumas.

La adorable cabeza blonda reclinada en los almohadones, los ojos cerrados, la boca entreabierta, Ada respiraba penosamente agitada por una crisis tremenda de su enfermedad.

Su estado, muy grave, que daba serios temores a los médicos, ella sabía ocultarlo para evitar a su hija ese dolor, y para escapar así a la vigilancia nocturna que impediría el único placer que le quedaba en la vida: la vista del Amado.

El Amor, que todo lo envilece, había llevado a aquella noble mujer a esas astucias innobles, a los más vergonzosos expedientes, para poder recibir a su amante en su propia casa, en su alcoba, cercana a aquella en que dormía su hija, virgen, sacrificada al furor de la pasión insensata de otros.

Y, era por la tienda de un barbero cómplice, establecido en los bajos del palacio, que Hugo entraba, en la noche, después que todo era silencio en la casa ya tan triste.

Aquella noche, la salud de Ada lo tenía muy preocupado, y despojado apenas en parte de sus vestidos, sentado a la orilla del lecho, le hablaba muy paso, teniendo la mano de la enferma entre las suyas.

De súbito se oyeron pasos cautelosos en el corredor, y tres fuertes golpes en la puerta del cuarto.

—¡Abrid, en nombre de la Ley! gritó una voz.

—La Policía.

—Mi marido, murmuró Ada.

Estaban sorprendidos. No había tiempo que perder. ¿Por dónde escapar? La ventana que daba sobre la calle era la única salida, pero estaba en el tercer piso, y saltar sano era imposible.

Entonces, Hugo Vial pensó en la única solución honrosa: matar a Ada y matarse él. No dejarla sobrevivir a la deshonra estallando en su triunfal imprudencia, a la vergüenza y los duelos de su amor inconsolable, y terminar así la larga serie de amarguras que había sido su pasión.

La proximidad brutal del hecho no lo desconcertaba.

Amartilló su revólver sin pensar en vestirse.

Ada había enmudecido. El rostro vuelto hacia el muro, no se la oía respirar siquiera.

Y los minutos eran como siglos.

La puerta vacilaba bajo el esfuerzo de los polizontes.

Hugo se inclinó sobre el lecho, buscando el corazón que iba a atravesar.

La estancia se iluminó de súbito con una luz más clara.

Vial volvió a mirar.

Irma, apenas cubierta con una larga túnica de noche, el negro cabello suelto como un manto de sombras, apareció con una luz en la mano, en la puerta que comunicaba su aposento con el de su madre.

Hugo quedó estupefacto.

La virgen avanzó blanca, trágica, silenciosa, severo el rostro bajo la cabellera tenebrosa, y empujando ante sí la silla en que estaban los vestidos de Hugo, tomó a éste por un brazo y lo condujo hasta la puerta de su propio cuarto, y lo impulsó con ellos dentro.

Después, entró ella y cerró la puerta.

—Acostaos, le dijo, mostrándole su lecho virginal, todo blanco, alzado bajo el cortinaje albo, como una concha marina bajo jirones de niebla.

Vial obedeció.

Y la virgen quedó en pie, en mitad del aposento, pálida, la cabeza inclinada bajo la tiniebla de sus cabellos, las cejas con traídas, el índice en los labios, como el ángel del Silencio, el oído atento a los ruidos de la estancia cercana... Se sintió la puerta ceder, la cerradura saltar ante el impulso de afuera, y voces de hombres, y pasos en todas direcciones. La voz del conde Larti sonaba interrogativa y severa, pero la voz de la condesa no se oía responder; ¿por qué ese silencio?

Y la virgen temblaba, de pie en medio de su estancia.

Cuando sintió que los pasos de los hombres que trajinaban en el cuarto de su madre se dirigían al suyo, extinguió un poco la luz de la lámpara, se dirigió al lecho, se deslizó bajo las sábanas, al lado de Hugo, y colocando un brazo bajo la nuca, fingió dormir así, en un gesto de náyade.

La selva de sus cabellos acariciaba el rostro de Vial, sus carnes lo rozaban cuasi y uno de sus pies lo había tocado al deslizarse bajo las coberturas.

Éste cerró los ojos, temblando como un febriciente. El olor de aquella cabellera, el calor de aquellas curvas vírgenes, lo turbaban hasta el delirio.

En ese momento, el conde Larti abrió la puerta y avanzó con la lámpara en la mano.

A la vista de aquel cuadro de amor y de vicio, dio un grito inarticulado, vaciló sobre sus pies, extendió las manos, como para impedir que alguien entrara después de él, apagó la luz con un soplo furioso, y terrificado, estúpido, volvió a la puerta diciendo:

—Nada, señores, nada. Es el cuarto de mi hija. La pobre niña duerme. No la despertemos. Y, con el dedo en los labios se alejó caminando en punta de pies.

Y llevaba la muerte en el alma aquel bandido, en cuyo corazón no quedaba más amor que el amor de aquella hija.

—¡Deshonrada! ¡Prostituida también su hija adorada!

Y no queriendo revelar su deshonra, se alejó silencioso, ahogando el llanto que subía en onda tumultuosa hasta sus ojos...

¡La hija había salvado a la Madre de la deshonra, del Tribunal de la prisión!... Ella no era pura a los ojos de su padre pero su madre no era adúltera a los ojos de la Ley... ¡Oh, el sacrificio!...

Cuando Irma sintió que la puerta del cuarto de su madre que daba sobre el corredor, se cerraba, saltó del lecho, corrió hacia el balcón y lo abrió, sin temor al frío de la noche. Inclinada hacia afuera esperó unos minutos.

Hugo aprovechó esos instantes para vestirse.

Cuando la joven vio que su padre y la autoridad se alejaban por la calle desierta, volvió al centro del aposento, y señalando a Hugo la puerta le dijo, colérica y angustiada:

—Ahora, salid de aquí.

Vial salió.

Al atravesar el cuarto de Ada, se detuvo para contemplarla.

Inmóvil estaba en la posición en que la había dejado.

Se acercó a ella, no volvió a mirarlo; la llamó, no respondió a su acento; la tocó fuertemente, no se movió.

—¡Mamá, mamá! gritó Irma, que lo había seguido. Y se botó desesperada sobre el lecho.

—¡Mamá, mamá, mamá!

¡Vano grito! ¡La pobre muerta no la oía!

Sus oídos sordos estaban para siempre, con la sordera eterna de la muerte.

Hugo comprendió la verdad aterradora, y quiso por última vez besar aquella cabeza adorada, sellar con su último beso el misterio de aquellos labios, cerrados ya para la vida...

Pero la virgen hecha implacable, feroz en su dolor, defendió el lecho con furores de loba.

—¡Idos, idos de aquí!, le gritaba y extendía su brazo blanco y vengador, mostrándole la puerta.

Y él obedeció a aquel conjuro, a aquel gesto, que como el del ángel bíblico, cerraba para él el paraíso de su último sueño de Amor.

Y escapó a tiempo, antes que la servidumbre, despertada por los gritos, pudiese verlo.

Y en el aire calmado, en las tinieblas dulces se escuchaba el grito desesperado de Irma...

¡Madre mía! ¡Madre mía! ¡Madre mía!...

Su grande alma trágica no conocía el miedo, pero un terror sagrado se apoderó de su corazón y huyó en la noche silenciosa, oyendo estallar sobre su cabeza, como una maldición, el grito de la virgen desolada.

¡la muerte bienhechora! La libertad. FIAT LUX.

Y, como del dolor nada ignoraba, no sucumbió a lo inmenso del dolor.

Y, como la desgracia era su madre, se refugió en su seno de martirios, y sollozó estrigiendo con sus manos las ubres de ponzoñas y de hiel.

Y, como la tristeza era su Musa, reclinó su cabeza de león en el fúlgido seno de la Diosa...

Y miró con cólera salvaje la densa soledad del horizonte...

Y ese horizonte se tornaba en luz, en un incendio de fulgor extraño, infinito, fulgente, rumoroso, como una mar en fuego...

Era el sol de la Gloria que irradiaba, coronando su nombre, que era un sol...

¡Sol de inmortalidad sobre otro Sol!... ¡Incendio de los mundos siderales!

Y fue hacia aquel incendio formidable, como un cisne de Arabia hacia la hoguera...

Y Y partió...

Partió sin haber podido besar aquella cabeza blonda, que había sido como el último rayo de sol sobre su vida.

¡Partió! escribiendo al conde la verdad fatal, para salvar de la deshonra a la virgen heroica, que había arrojado su honor como un escudo sobre el pecho de su madre para salvarla. ¡Sacrificio estéril, como todos los sacrificios!

¡Partió como espantado por este último sueño de su vida dolorosa!

¡Oh, la visión blonda y suave, la mujer angélica, que después de su madre había comprendido mejor su alma solitaria y tormentosa!

Oh, la hermana otoñal, el alma gemela, que lo dejaba así, a la aproximación del invierno inclemente, en la suprema desolación de su vida, sin ventura...

¡Solo había de marchar! ¡E iba solo! Así iría en el trayecto hacia la muerte.

¡Y partió! Partió en la pompa invernal de aquella tarde blanca y fría como el seno níveo de una gardenia en flor.

¡Partió, dejando detrás de él un pedazo de su corazón en aquella muerta rubia, que dormía bajo las rosas blancas, como un rayo de sol a la sombra de un rosal!

Y su coche se había cruzado con el carro fúnebre que llevaba a Ada al viaje interminable, mientras él iba al viaje doloroso y miserable de la vida.

En la esquina de la Via Viminale, que lleva a la stazione, había tenido que detenerse, para dejar pasar el cortejo, que por la Via Principessa Margherita, llevaba hacia Campo Verano, el cadáver de la condesa Larti.

Y había visto, con el corazón desgarrado, las rosas innúmeras que cubrían el cuerpo cariñoso de la Amada...

Una selva de rosas de Sicilia, como hechas con cenizas del volcán.

¡Las rosas que morían sobre la muerta!

¡Y él la vio pasar así, enflorecida hacia la tumba!

Y había inclinado la cabeza entre las manos, y había sollozado, y había querido llamarla, irse en pos de ella, coronar con nuevos besos la fulgente cabeza ya difunta.

¡Y pasó la divina muerta, bajo las rosas! ¡Ella también, la rosa que había muerto!...

Y él llegó a la estación, y entró en el primer vagón que halló a mano, y allí se abismó en su tristeza, desesperado y doloroso...

Y murmuraba en el desastre de su corazón, en el hundimiento de ese último miraje, solitario en ese vagón que lo llevaba hacia lo desconocido, entre las brumas densas del crepúsculo:

Blanche morte étendue au plus doux de mon coeur,

Vase mélancolique! o ma sœur!...

Y callaba, como esperando el consuelo, tardo en venir sobre la paz de su corazón. Y el tren partió...

La tarde declinaba, como una rosa muerta, en un cielo muy triste, color de rosa té. Las rosas siderales, las rosas de los cielos, se abrían en las praderas de nubes opalinas, como una extraña flora de rosas de dolor!, Y el cielo se tenía en una vaga irradiación de estrellas...

Y el campo se envolvía en una vaga inhalación de rosas... ¡Oh, las pálidas rosas de la tarde!...

39840923R00069

Made in the USA
Charleston, SC
20 March 2015